Illustration de couverture : © Fabian Lavater

Collection Proche
26, rue Jacob, 75006 Paris
Tél. : 01 42 17 47 80
www.collectionproche.fr

Bien sûr que les poissons ont froid

Fanny Ruwet

Bien sûr que les poissons ont froid

Roman

PROCHE

If you must die, sweetheart
Die knowing your life was my life's best part

Keaton Henson

Ring ding ding ding ding ding
Ring ding ding ding bem bem bem
Ring ding ding ding ding ding
Ring ding ding ding baa baa

Crazy Frog

On s'est rencontrés en 2009. J'avais 15 ans, Nour en avait 16. Pendant plusieurs mois, il a été ma raison de me lever chaque matin. Il m'a apporté de la douceur quand tout semblait rugueux et m'a laissée croire que j'avais une place à moi. Il m'a permis de sortir d'un gouffre sans fond dont je ne pensais jamais pouvoir m'extirper.

Douze ans plus tard, je ne suis même pas certaine qu'il ait existé. Peut-être qu'il est toujours quelque part en banlieue de Montpellier. Ou peut-être qu'il n'y a jamais mis les pieds, qu'il m'a menti sur toute la ligne. D'ailleurs, peut-être que Nour n'était même pas son prénom. Ou peut-être qu'il est mort. Les gens ont tendance à faire ça.

Je n'en sais rien. Mais j'ai passé plusieurs mois à le chercher.

Et plus j'ai trouvé, moins j'ai compris.

Fin juin 2021. C'est le début de l'été, les jours sont longs et vides. À côté de chez moi, la cloche d'une école primaire continue de sonner à blanc, sans aucun enfant pour s'en réjouir. Je tourne en rond.

C'est la saison du nihilisme. Un long gouffre moite qui m'avale à la fin du mois pour me recracher en septembre, soulagée que la vie reprenne, mais rongée par la culpabilité de n'avoir rien fait. Forcément, c'était le pire moment pour rompre.

En quittant Alexandre, je savais très bien que j'allais passer un horrible été, mais je ne pouvais pas lui dire : « Attends, on tient encore un peu, on mérite une séparation sans auréoles sur nos t-shirts. Je ne veux pas t'embrasser pour la dernière fois en puant, Alexandre. N'insiste pas. »

J'ai donc pris mon courage à deux mains, emballé mes quelques affaires et trouvé un appartement à Saint-Gilles, la plus petite commune de Bruxelles, où je me retrouvais pour la première fois sans conjoint ni colocataire.

Emménager seule m'a appris plusieurs choses. Premièrement, que c'est quand même sacrément chouette de pouvoir se masturber dans toutes les pièces. Secondement, que tout dans notre ancien appartement appartenait à Alexandre. Ce n'est pas un problème en soi, mais j'aurais préféré m'en rendre compte avant de me retrouver assise par terre au milieu de mes trois pièces en enfilade seulement meublées d'un lit, de deux bibliothèques et de chaises aussi bancales que ma vie.

Ce n'est qu'au bout de trois semaines que j'ai fini par commander une table (pour manger) et un canapé (pour me masturber dans le salon), plus pour éviter le jugement de mes amis que pour mon propre confort. L'autre jour, ma pote Lisa est passée me voir et, à peine arrivée, elle m'a dit que mon appartement était comme moi : vide et froid (et « on y entre comme dans un moulin »). C'est vrai que l'absence de décoration et de photos donne l'impression qu'à tout moment je peux péter un câble et décharger un flingue dans une école primaire. Heureusement, c'est les vacances.

Lisa est une des seules personnes que j'ai vues, récemment. Il m'arrive régulièrement de disparaître des radars pendant quelque temps, jusqu'à ce que j'émerge de ma léthargie. Je reprends contact avec mes amis d'un très classe : « *Hey, sorry*, j'étais un peu à côté de la plaque ces derniers temps. On se capte bientôt ? » Ce soir, j'ai prévu de voir Max. On a pris l'habitude d'aller tous les mois manger une flammekueche place Van Meenen, comme deux bons hipsters que nous sommes, avec nos tote-bags *New Yorker* et nos dégaines de fans d'Arctic Monkeys. Mais en cette fin juin, c'est le week-end de la fête de la Musique, et Max veut troquer notre tarte flambée mensuelle contre un concert de ses potes de Forêt Noire, un groupe de transe-rock[1].

On s'est donné rendez-vous place Janson, point de ralliement des bobos en été et des toxicos en hiver. Selon les périodes, je fais partie d'un groupe ou de l'autre. Parfois même des deux en même temps, quand je stocke mon cannabis dans des bocaux en verre.

Le concert bat son plein quand j'arrive. La performance est étrangement intense vu le contexte, puisqu'il fait encore clair, que la scène est minuscule et que parmi les 100 personnes du public, 80 sont là pour les bières locales et 18 sont des enfants[2]. Coiffés de leurs casques antibruit, les gamins crapahutent au milieu de la foule comme des mouchettes sur des fruits trop mûrs. Malgré cette atmosphère de Club Med gentrifié, les musiciens ont l'air de faire le concert de leur vie et suent des litres par chanson.

1 — Aucune idée de ce que c'est, la « transe-rock ». De la musique de bourrin où les gens transpirent beaucoup, j'imagine.

2 — Et les deux dernières, c'est Max et moi, suivez un peu les gars, on n'est qu'à la page 12.

C'est à la fois beau et triste, cet effort surdimensionné pour un résultat aussi famélique.

Maxime est à quelques mètres de la scène, hochant la tête à chaque coup de caisse claire. Je l'ai toujours trouvé très beau. Il a le teint mat et des cheveux noirs assez courts pour avoir l'air propres, mais assez longs pour lui donner un physique de boyfriend Disney Channel. Je me fais souvent la réflexion que sa barbe d'un demi-centimètre est aussi régulière qu'une pelouse de golf (sans les petits drapeaux).

On s'est rencontrés à un festival, il y a cinq ans. Aujourd'hui, on peut autant se retrouver pour jouer au foot que pour parler de la Shoah. Il est probablement ce qui se rapproche le plus de mon idéal masculin : calme et doux, mais passionné. Par l'équipe de France, par l'histoire de l'Algérie, par la musique, par Xavier Dupont de Ligonnès (qu'à l'époque de son presque come-back en Écosse nous appelions « Xav », comme s'il faisait partie de notre famille – alors que, clairement, c'est pas un bon plan). On s'offre régulièrement des livres mais, quand on en parle ensemble après, j'ai souvent l'impression qu'on n'a pas lu le même texte. Max peut donner tellement de détails sur l'intrigue, le style ou les émotions ressenties.

Cette précision me fascine. J'aimerais être capable de me concentrer sur quelque chose assez longtemps pour savoir ce que j'en pense. J'ai toujours eu ce fantasme idiot de faire partie de l'élite culturelle. Celle qui aime les belles choses, celle qui, un verre de montrachet à la main, sait expliquer clairement, avec précision et passion, pourquoi une œuvre est une œuvre. Sauf que non seulement j'ai dû googler « vin cher » pour découvrir l'existence du montrachet, mais en plus je ne pense pas ressentir la moindre émotion de façon assez vive pour être capable de la décrire.

Lorsqu'on me demande si j'ai aimé un film, je ne sais répondre que par « oui » ou « non ». Mon argumentaire s'arrête à « pendant une heure trente, je me suis sentie bien ou mal ». En général, je me débrouille pour obtenir l'avis de la personne en face, histoire de m'y greffer. Je ne sais pas exactement pourquoi je n'ai jamais d'avis. Je manque sûrement de curiosité et d'observation[3].

C'est assez fou, de se connaître si mal. Mes émotions sont une sorte de bouillie homogène que j'ingurgite sans en distinguer le contenu. Quand j'étais enfant, je savais que j'aimais la soupe verte, mais pas la rouge. Je me doutais bien que la rouge était à la tomate (j'étais sûrement HPI), mais de ce qu'il pouvait bien y avoir dans la verte, je n'en avais franchement rien à faire. Pour moi, elle n'était pas

3 — Je ne suis tellement pas observatrice que, l'autre jour, j'ai contacté plusieurs chauffagistes pour installer un thermostat. Au bout de deux devis, j'ai réalisé qu'il y en avait déjà un, dont le boîtier trônait en plein milieu de la cuisine. Je me suis sentie bête, mais j'étais quand même contente, parce que ça m'a donné l'impression d'avoir reçu un thermostat gratuit. Hé hé, il n'y a pas de petite victoire pour les débilos.

un mélange d'ingrédients distincts, mais une couleur. Et elle avait un bon goût, cette couleur. C'est le même fonctionnement pour mes émotions.

Je me demande souvent si les gens vivent les événements aussi intensément qu'ils le prétendent. Si ça se trouve, on fait tous semblant depuis le début, de peur de ne pas ressentir *assez* et de passer pour des sociopathes. On réagit peut-être de façon excessive à des futilités pour tenter de se convaincre qu'elles ont de l'importance, parce que pour 90 % des gens la vie ne sera jamais qu'un enchaînement de choses banales. On se retrouve alors à juger « profondément bouleversant » un mauvais film pour ne pas admettre qu'on a perdu son temps à regarder une œuvre vraiment oubliable.

Avant d'aller rejoindre Maxime près de la scène, je passe chercher des bières. J'en affonne une devant le bar pour me détendre et j'en emporte deux autres. Max sourit en me voyant arriver de loin. J'embrasse sa joue en terrain de golf et on regarde la suite du concert en sirotant nos bières et en roulant des cigarettes[4].

Entre deux chansons, il me demande comment je gère la rupture. Officieusement, c'est pas la joie : je viens de bousiller ce qui s'apparentait le plus pour moi à une famille. Mais officiellement, oui, ça va.

4 — Honnêtement, je fais ça bien. Mes clopes sont mieux roulées que moi.

Je sais que je pourrais être sincère avec lui. Il est compréhensif et trouve toujours les bons mots, mais, je sais pas… La rupture me semble encore trop fraîche pour pouvoir être mise en mots. Tout ce que je comprends, c'est que je me sens très seule, donc très nulle, donc même pas assez bien pour appeler mes amis, et leur dire : « *Heyyy*, on pourrait se voir ? Parce que j'ai un peu mal au cœur ces temps-ci. » C'est vraiment fourbe, la tristesse. C'est pas un truc que tu as envie de partager, mais tu peux en sortir que si t'es bien entouré.

Max passe la main dans ses cheveux en bataille et me demande, par-dessus la musique :

– Allie, t'as faim ?

– Toujours.

Entre deux bouchées de pain-saucisse dégoulinant de sauce Dallas, on se retrouve à parler du film *Fantasme*, d'Éléonore Costes, et plus généralement des fantasmes de nos vies. Des histoires d'amour et d'amitié qui n'ont jamais abouti ou des moments qui gardent un goût d'inachevé. C'est à ce moment-là que je lui parle de Nour pour la première fois.

J'ai rencontré Nour pendant une période assez compliquée de mon adolescence. D'ailleurs, durant plusieurs années, je l'ai considérée comme la pire que j'aie vécue (jusqu'à ce que la vie me roule dessus nettement plus fort cinq ans plus tard, mais ça, c'est une autre histoire).

Je venais d'avoir 15 ans. Ma mère était partie au Luxembourg du jour au lendemain et me donnait peu de nouvelles. Elle avait du mal à joindre les deux bouts, et nous avait donc expliqué qu'elle partait travailler là-bas quelques mois, le temps de mettre de l'argent de côté. Ce n'était pas faux, en soi, mais j'ai compris plus tard qu'elle avait en réalité besoin de s'éloigner de nous : elle vivait, elle aussi, l'une des pires périodes de sa vie. Elle avait fait plusieurs dépressions pendant mon enfance – que je n'ai jamais remarquées, évidemment – et celle-là devait être plus coriace. Elle était épuisée, au bord du divorce, et ne voulait pas qu'on la voie comme ça. Elle devait se réparer avant de pouvoir nous aider à nous construire[5]. J'ai donc passé cet été-là avec ma petite sœur Solène et mon père.

On doit être peu à ne s'être jamais disputé avec son daron, mais je vous jure que c'est mon cas. Ce n'est pas tellement que notre relation soit idyllique, mais à cette époque-là, on ne se parlait pas vraiment. En tout cas, pas des « vraies choses ». Nos rapports étaient *cordiaux*. On se comportait ensemble comme des collègues qui ne s'adressent la parole qu'aux fêtes du personnel. Aujourd'hui encore, on prend des nouvelles de temps en temps, il me demande ce que je fais à Noël ou si j'ai besoin d'argent, mais les conversations s'arrêtent là.

Mon père est né à la fin des années soixante. Sa mère était très douce. Elle aimait les animaux et Jésus. Je pense qu'elle devait avoir en permanence cinq ou six chats chez elle et une cinquantaine d'objets à l'effigie des personnages de la Bible (j'avais compté), qu'elle passait son temps à contempler. Je faisais souvent mes devoirs chez elle, sur la table de la cuisine, pendant qu'elle découpait les photos de chat sur les boîtes de croquettes. Étant donné qu'elle achetait toujours la même marque, elle se retrouvait avec trente images cartonnées du même chat. Elle n'en faisait rien mais elle aimait ça. Et moi j'aimais qu'elle aime ça.

Son mari était l'exact opposé. Dur, d'apparence

5 — On dirait une phrase éclatée de Paulo Coelho (sans le désert) mais vous comprenez l'idée.

insensible. Il avait trimé pendant cinquante ans, à couper du bois dans une scierie (pas le pays). C'est de lui que mon père tenait le plus. Il avait les mêmes mains cornées par le travail et le froid. Les mains abîmées de la classe populaire, propulsée dès l'adolescence dans la vraie vie, où l'on a autre chose à faire que de se demander comment on se sent. Mon père avait l'amour rustre et les sentiments maladroits. Je me suis souvent dit qu'il n'avait jamais appris à *ressentir*. Pas une seule fois je ne l'ai vu pleurer ou exprimer de joie intense. Comme si la corne de ses mains avait fini par se propager partout ailleurs.

Je n'ai jamais compris comment il avait pu épouser ma mère, d'ailleurs. Elle était sanguine et émotive tandis que lui semblait suivre pas à pas les étapes d'un manuel *Bâtir une famille pour les nuls* (j'aurais pu dire « fonder » mais non, le bon mot est vraiment « bâtir »). Si ma mère n'avait pas été là, il serait probablement parti en vacances au même endroit chaque année pour retrouver les mêmes personnes et faire les mêmes activités. Il n'était pas du genre à vouloir entreprendre quoi que ce soit qui sorte du cadre habituel. Ses actions et ses émotions semblaient préprogrammées : je me lève chaque jour à 6 heures, je passe prendre un café chez mes parents, j'aime mes filles[6], je suis fier d'elles quoi qu'elles fassent…

6 — *Fuck*, je réalise que la phrase « J'aime mes filles » me fait systématiquement penser à la vidéo « J'ai jamais touché à mes filles, sauf une fois, au chalet ». Quelle angoisse. YouTube nous a bousillés.

Il nous aimait sincèrement, ça j'en suis sûre. Il aurait pu tuer quiconque s'en serait pris à nous, mais il l'exprimait gauchement, avec le pragmatisme des gens qui ne se sont jamais demandé ce qu'ils ressentent. Je ne l'ai vu être fusionnel qu'avec ma sœur, tandis que moi je l'étais avec ma mère, qui m'a quasiment élevée seule. Quand je suis née, mon père passait son temps au travail. Il a été beaucoup plus vigilant par la suite pour éviter de faire la même erreur avec Solène. Pour moi, c'était trop tard, on s'était manqués.

C'était forcément bizarre de passer l'été avec lui cette année-là, en n'ayant rien à faire et nulle part d'autre où aller, vu que la moyenne d'âge dans mon village était de 65 ans et que Huy, la (minuscule) ville la plus proche, était à vingt minutes en bus. Ce n'est pas beaucoup, mais vingt minutes de bus pour aller dans un endroit où il n'y a rien à faire non plus, c'est pas ouf[7].

Mon seul repère temporel, dans cette interminable saison, c'était le repas du soir. En rentrant du travail, mon père préparait à manger, comme s'il appliquait à la lettre le chapitre « Nourrir sa famille » de son manuel :

7 — Sauf si vous avez vraiment une passion pour les transports en commun, comme les gars qui postent des compilations d'annonces de train sur YouTube : « Annonces vocales SNCB en gare de Bruxelles-Midi, annonce du train IC2412 et S8 3982, 16/07. » Cette vidéo existe vraiment, ça me fascine.

- Rentrer du travail ;
- Aller chercher ma sœur Solène à son stage d'été[8] ;
- Prendre une douche ;
- Préparer un repas : une viande, un féculent, un légume (ça ne devait pas nécessairement être bon, ça devait juste nous alimenter) ;
- Être tous présents à table.

Pour mon père, ce rendez-vous quotidien était le dernier fil qui tenait notre famille ensemble : tant qu'on était tous assis autour de la même table à la fin de la journée, maman serait susceptible de revenir bientôt et tout irait bien. La seule fois où j'ai voulu faire l'impasse sur le dîner, il m'a sermonnée pendant quarante-cinq minutes pour m'expliquer qu'« on n'est pas à l'hôtel ici ! ». Ça a duré tellement longtemps qu'on a mangé froid[9].

C'est à ce moment-là qu'on s'est rendu compte à quel point ma mère était le pilier de notre foyer. Elle détenait l'autorité, le savoir et l'intégralité de la charge mentale de notre famille. C'est sûrement pour ça qu'elle a fini par craquer.

8 — « UNE FOIS, EN STAGE D'ÉTÉ… » (Il faut avoir vu *American Pie*, sinon cette note de bas de page est vraiment inutile.)

9 — Ce qui ne serait jamais arrivé à l'hôtel ¯_(ツ)_/¯

Les journées de cet été-là étaient immensément longues. Ensoleillées, aussi, mais je les passais enfermée, devant mon ordinateur. J'ai toujours trouvé ça bizarrement agréable, de rester cloîtrée à l'intérieur quand il fait chaud. Ça me donne l'impression d'être dans un bocal sous pression. D'exister en dehors du monde et d'avoir accès à des heures secrètes dont personne ne soupçonne l'existence.

Je traînais sur Internet jusqu'à 3 ou 4 heures du matin et me levais vers 14 heures. Je passais mon temps sur MSN, MySpace, Skyblog, ou à télécharger des albums entiers des Beatles, chanson par chanson, en convertissant des vidéos via « YouTube-to-MP3 ».

J'écoutais beaucoup de folk. Dès qu'un garçon avait une guitare et l'air triste, je le recueillais dans ma playlist comme dans un chenil. J'avais même créé un blog entièrement dédié à Secondhand Serenade, un groupe qui – je ne le remarque qu'aujourd'hui – portait vraiment bien son nom, puisqu'il faisait des chansons de quatre accords pas très inspirées. C'est grâce à ce blog que j'ai rencontré Nour.

Tout a commencé par un commentaire qu'il a laissé, demandant où acheter leurs albums en France (à cette époque, ça coûtait encore deux reins de commander quoi que ce soit aux États-Unis). En bonne ado de 15 ans à moitié fanatique, je lui ai répondu que je n'en savais rien mais que la solution serait d'aller directement là-bas (« hihihi »). On s'est mis à discuter et, de fil en aiguille, Nour est venu combler ce vide qui s'était creusé en moi depuis quelques semaines.

De mémoire, nous avions le même âge, ou à peu près. Il étudiait la peinture (mais je n'ai jamais vraiment compris si c'était pour devenir artiste ou peintre en bâtiment) et avait un job étudiant d'ouvreur dans une salle de théâtre montpelliéraine. Son père était marocain, sa mère française, mais il ne vivait plus avec eux parce que « c'était compliqué ». Il restait chez sa tante le week-end, près de Montpellier, et passait la semaine avec son meilleur ami Matthew[10] dans une sorte d'internat pour garçons aux familles pour qui, justement, « c'était compliqué ».

Tous les deux, ils fumaient et faisaient pas mal de conneries. Je sais que Nour avait déjà eu quelques

10 — Alors que qui s'appelle Matthew, en France, sérieusement ? On n'est pas dans *Riverdale*, wesh.

soucis avec la police mais il ne m'en parlait pas trop. Par contre, il était pas pour autant un cliché de *bad boy wannabe*. Je vous rappelle qu'on écoutait DE LA FOLK et sur son Skyblog (preuve ultime), il parlait de ses rêves et de ses émotions. C'était la première fois que je rencontrais un garçon qui s'ouvrait de manière aussi sincère, qui n'avait pas peur de sa sensibilité.

Déjà à l'époque, j'étais obsédée par les oiseaux blessés (mon préféré, c'est le poulet) et ça n'a jamais changé : dès que les gens sont tristes, j'ai envie de prendre soin d'eux. De les serrer contre moi et de leur répéter que tout ira bien. Parfois, je me dis que je devrais draguer dans des salles d'attente de psy. « Ce qui m'a plu chez lui ? Ses traumas. Je l'ai aimé à la seconde où j'ai compris qu'on allait mutuellement se tirer vers le bas. »

Avec Nour, on s'écrivait chaque soir, jusqu'à très tard dans la nuit. On se parlait de nos vies, on s'envoyait des morceaux de Jonas Sees in Color, Bright Eyes, Never Shout Never... La plupart ne sont pas de bonnes chansons (si le principe de bonne chanson existe), mais il n'y a rien que j'aimais plus que de me noyer dans les lamentations de jeunes emos en manque de vitamine D.

Je ne me souviens pas exactement de ce qu'on se racontait pendant des heures, mais je me rappelle sa douceur. Nos conversations étaient devenues ma *safe place*. Il m'aimait, m'acceptait et prenait de plus en plus de place dans ma vie. De mon côté, je me découvrais une passion pour le Sud de la France juste parce que Nour y vivait. J'ai même commencé à fumer pour faire comme lui. J'avais fébrilement acheté un paquet de Marlboro rouges (les mêmes que les siennes) et, une fois mon père et ma sœur couchés, j'ouvrais grand le Velux de ma chambre pour en griller une. Nour n'en savait rien, mais avec ce point commun supplémentaire (la perspective d'un cancer), je me sentais plus proche de lui.

Un soir, il m'a demandé : « Tu penses qu'on regarde parfois la lune en même temps ? » Comme si ce simple lien allait supprimer les 800 kilomètres qui nous séparaient. Avec le recul, cette question me donne envie de vomir dans ma bouche tellement elle est niaise, mais, à ce moment-là, j'ai ressenti pour lui un amour fou. Nos conversations étaient un refuge contre le monde.

ALORS. À ce stade, vous pensez probablement que cette histoire va partir en témoignage #MeToo : « Je lui faisais confiance, j'étais folle de lui, il m'a demandé des photos. J'avais 15 ans. Lui, je ne sais pas. » Pas du tout. Il n'avait rien d'un prédateur. À moins qu'il existe des prédateurs vraiment mielleux : « René, 67 ans, contacte des adolescentes esseulées pour leur réclamer des chansons folk. » Franchement, c'est pas impossible. Mais il n'y a jamais rien eu de tel avec Nour.

À la fin du mois de septembre, ma mère est rentrée du Luxembourg et on n'a jamais reparlé de son absence de trois mois. On était tellement heureux qu'elle soit revenue et conscients de la fragilité de notre équilibre qu'on a tous fait comme si de rien n'était. Notre famille était en miettes, mais au moins tous les morceaux étaient ensemble.

J'ai continué ma correspondance avec Nour. On s'est écrit chaque jour pendant plus d'un an. Je parlais de lui à mes amis, je griffonnais son nom dans la marge de mes feuilles de cours. C'était une relation ni vraiment amicale ni vraiment amoureuse. Un matelas de tendresse. On se disait qu'on s'aimait, mais sans s'imaginer passer nos vies ensemble. Il fréquentait des filles, moi pas vraiment, mais c'était pas faute d'essayer : je commençais déjà à réaliser que la première chose que je regardais, chez un garçon, c'était sa sœur – raison de plus pour être vraiment surprise de ce que Nour parvenait à faire naître en moi.

Les trois années qui ont suivi ne m'ont laissé qu'un vague souvenir. Je me rappelle comme d'un ventre mou de mon existence de mes 15 à mes 18 ans. Tout dans ma vie était moyen : je n'étais ni une bonne ni une mauvaise élève. Ni populaire ni moquée. En fait, j'étais solitaire sans être seule. Je me sentais en trop grand décalage avec les autres pour trouver ma place auprès d'eux. J'ai bien connu une amourette avec une fille à cette époque-là mais globalement, j'ai passé toutes mes années de collège et de lycée à en attendre la fin.

Avec Nour, on se donnait régulièrement des nouvelles et on continuait à se promettre qu'on se verrait dès qu'on le pourrait. Il devait venir me chercher à ses 18 ans, au volant d'une Mercury Comet de 1963 – une voiture qui coûte un rein à mettre en circulation mais on n'en savait rien. De toute façon, on ne voulait que celle-là, parce que c'était celle de Peyton dans *Les Frères Scott* (et qu'on adorait ses mixtapes), mais nos conversations s'espaçaient. On avait beau avoir toute l'affection du monde l'un pour l'autre, les 800 kilomètres entre nous avaient repris leurs droits.

En 2013, MSN a disparu. Plus ou moins au même moment, les Skyblog ont cessé d'être mis à jour et on a perdu contact. J'ai tenté de l'appeler quelques années plus tard, mais son numéro n'était plus attribué. Un jour, on s'est donc parlé pour la dernière fois, et on n'en savait rien.

Il y a plein de choses comme ça qu'on fait pour la dernière fois, sans s'en rendre compte. On en sacralise beaucoup : le dernier jour au collège, le dernier jour au taf, le dernier soir des vacances… On en manque beaucoup, aussi. En général, ce n'est qu'après coup qu'on réalise avoir embrassé un amoureux, vu un proche ou entendu une chanson pour la dernière fois.

Il y a probablement des dernières fois qu'on aurait vécues différemment, si on avait su. On y aurait mis plus d'attention, plus d'intensité. On se serait concentrés le plus fort possible pour ne pas oublier ce moment. Comme quand on est ivres caisse et qu'on répète à notre cerveau : « Rappelle-toi de ça, c'est vraiment important ! » Au final, on se souvient surtout qu'on devait se rappeler quelque chose, sans savoir quoi.

Ça m'angoisse un peu, ces dernières fois qui n'y

ressemblent pas. Il y a quelques mois, un copain m'a dit : « Je vais déménager plus près de chez mes parents parce que j'ai réalisé que, si je reste loin d'eux et ne vais les visiter qu'une fois par an, je peux compter sur les doigts d'une main le nombre de fois où je les verrai avant qu'ils ne meurent. » Ça m'a foutu un de ces cafards.

La dernière fois que j'ai vu ma sœur, je n'en savais rien. Je l'ai aidée à faire un devoir d'anglais. Je me souviens du « SOLÈNE », écrit maladroitement dans la marge. Elle a chanté « Sur ma route » de Black M. Je lui ai dit que c'était une chanson de merde, elle m'a répondu que non. Puis elle s'est mise à danser comme le font les enfants de son âge : sans rythme mais avec beaucoup d'assurance.

J'ai le souvenir qu'en partant, je l'ai regardée le plus longtemps possible, jusqu'à ce qu'elle soit hors de ma vue. Mais ça, je l'ai peut-être inventé. J'ai tellement repassé cette journée dans ma tête que j'ai probablement fini par la modifier. Je fais ça souvent. Je ne sais plus si les choses sont réellement arrivées ou si je les ai inventées parce que j'aurais voulu qu'elles existent.

Depuis ce fameux jour où j'ai parlé à Nour pour la dernière fois, j'ai régulièrement pensé à lui. Pas tous les jours, pas toutes les semaines, probablement même pas tous les mois, mais de temps en temps.

À chaque fois que je m'égare dans mes souvenirs, j'ai ce goût d'inachevé. J'aimerais savoir ce qu'il devient, la musique qu'il écoute, les livres qu'il lit, qui il aime, ce dont il rêve. Lui expliquer le rôle qu'il a joué pour moi, tout ce qu'il m'a apporté. Lui parler de mes émotions comme on ne peut le faire qu'avec les gens qui sont loin. Voire, peut-être, reprendre notre amitié là où on l'avait laissée. C'est rare de trouver des gens qu'on aime. La moindre des choses à faire, quand on a la chance de tomber sur l'un d'eux, c'est de le garder. On se rendrait peut-être compte qu'on a évolué dans des directions différentes et qu'aujourd'hui on n'a plus rien en commun, mais j'aimerais au moins le savoir.

J'ai si régulièrement pensé à lui que, pendant des années, les personnages de mes romans préférés m'apparaissaient sous ses traits – Mattia dans *La Solitude des nombres premiers*, Holden Caulfield dans *L'Attrape-cœurs*... –, des antihéros socialement maladroits qui tentent de gérer le chaos créé par leurs émotions. Quand les auteurs avaient l'audace de les décrire autrement que comme Nour, j'allais même jusqu'à penser qu'ils se trompaient. Il était partout, même si, dans les faits, il n'était plus nulle part.

Depuis, je l'ai cherché sur Internet des dizaines de fois. Sur Google, Facebook, Twitter, Instagram... Tous les six mois, j'inscris son nom dans la barre de recherche. Et rien. Aucun résultat. Pas la moindre trace de lui. J'ai tenté ma chance avec son ancien pseudo, « Clubmaster », clin d'œil à son modèle de Ray-Ban préféré, sans plus de succès.

Pour poster des chansons niaises sur des blogs éclatés, y avait du monde, mais pour continuer à exister dix ans plus tard, là, y a plus personne.

Maxime est pendu à mes lèvres pleines de sauce, tellement captivé par ce que je lui raconte qu'il n'a plus touché à son pain-saucisse depuis plusieurs minutes. Il part en vrille.

– Attends, quoi ? T'as jamais trouvé d'indice sur ce qu'il est devenu ? Rien du tout ?!

– Rien. C'est comme s'il n'existait pas.

Max a toujours été passionné d'enquêtes, mais là, c'est un enfant à Disneyland – sauf que son Mickey à lui, c'est Fabrice Drouelle, le présentateur d'« Affaires sensibles » sur France Inter (et je le comprends, je serais prête à devenir un fait divers pour entendre Fabrice prononcer mon nom[11]). Il veut connaître tous les détails, toutes les pistes que j'ai envisagées pour le retrouver et en suggère de nouvelles. Il propose

11 — Je ne sais pas si cette remarque semble sexuelle, mais au cas où : ça l'est.

même de terminer la soirée chez moi pour faire des recherches. Ça, c'est bien ma vie. Quand je ramène un mec à la maison, c'est pour jouer à Navarro[12].

On quitte donc la place Janson pour rentrer chez moi, à trois cents mètres de là. En marchant, il passe de questions en hypothèses et, vu notre état d'ébriété, on est persuadés d'être sur l'enquête de nos vies. On se dit même au premier degré qu'on devrait faire un podcast de nos recherches. Je suis fatiguée de ma génération, pour de vrai. Dès qu'il nous arrive un truc, on veut en faire un podcast[13].

– Peut-être qu'il est prof, donc qu'il ne veut pas être retrouvé sur Internet, suggère Maxime.

– Oh, imagine ! Je me fais tout un film alors que le mec est juste devenu prof de techno à Mandelieu-la-Napoule.

– Aujourd'hui, il apprend à des ados à construire des maquettes et il porte des chaussettes dans ses Birkenstock.

– C'est vraiment la seule explication possible.

– Non, mais on va d'office trouver quelque chose à son sujet sur Google, c'est sûr. Vas-y, on va lister tout ce que tu sais de lui.

Arrivés chez moi, on prend juste le temps de s'ouvrir des bières avant de lancer notre traque.

12 — JE VOULAIS JOUER AU DOCTEUR PAS À LA POLICE. MDR. J'ADORE L'HUMOUR.

13 — Alors qu'il suffit d'en faire un roman.

Bon. Qu'est-ce qu'on sait ?

Qu'il s'appelait Nour Marco Alaoui. Marco était son deuxième prénom, et il préférait d'ailleurs qu'on l'appelle comme ça parce que Nour était un prénom mixte, mais majoritairement féminin. D'ailleurs, sa cousine s'appelant comme ça aussi, ça l'énervait.

Il habitait dans la banlieue de Montpellier, avait un meilleur ami, Matthew, et était sous la tutelle d'une certaine Stéphanie qui assurait son suivi dans le centre de jeunes où il restait la semaine. Il était peut-être devenu peintre (peut-être en bâtiment), avait eu une copine qui s'appelait Maëlle, avec qui il avait couché dans le vestiaire du cours de gym (mais ça, ce n'était sûrement pas très utile).

Je prends mon ordinateur pour essayer de trouver d'autres infos. Très vite, je remets la main sur mon vieux Skyblog, puis sur celui de Nour. Tous les articles ont été supprimés et il n'y a évidemment aucune info de contact ou l'adresse d'un autre site vers lequel il aurait migré.

On retrouve aussi mon blog dédié à Secondhand Serenade, dont on épluche tous les commentaires, jusqu'à retrouver le sien :

Un fan. Posté le lundi 20 juillet 2009 01 h 41

Salut est-ce que par hasard tu sais
où trouver l'album a twist in my story
de secondhand serenade ??
Je suis hyper fan de john vesely
et du style soft acoustique en général

mais je ne le trouve pas dans les bacs
en france ça me rend fou ^^'
merci !

En signature, son adresse mail : nour34@hotmail.fr. Max est collé à moi pour lire à son tour puis me demande :

– C'est avec cette adresse-là que vous parliez ?

– Oui.

– Tu penses qu'il l'utilise encore ?

J'hésite. D'un côté, personne ne garde son adresse d'adolescent ; de l'autre, la sienne est nettement moins ridicule que toutes celles que j'ai pu avoir dans ma jeunesse (en même temps, c'est ma mère qui avait eu l'idée de « allieppocampe »).

– C'est pas impossible mais ça m'étonnerait, quand même.

On se regarde, hésitants. Dans le doute, j'envoie un mail. J'essaie tellement de masquer mon ivresse que j'y vais un peu fort sur la froideur.

Hey,
On s'est connus il y a fort longtemps,
quand on était fans de Secondhand Serenade.
Ça peut sembler bizarre, mais j'ai eu envie
de savoir ce que tu étais devenu.
_ Allie _

Pendant ce temps, Max lance toutes les recherches Google possibles et imaginables. Son nom, son numéro de téléphone, son adresse e-mail. On essaie de retrouver Stéphanie, sa « tutrice », puis d'identifier son lycée en cherchant dans les archives des résultats du bac.

– C'est quoi le 34 ? Parce qu'en général c'est l'année de naissance qu'on met dans son adresse mail.

– Donc il serait né en 1934 ? Haha, imagine.

Ça me fait sourire, mais je ne m'étais jamais posé la question. En soi, ça serait logique. Mais en même temps, j'ai moi-même déjà eu une adresse MSN « allie-blue-sky-69 », Blue Sky étant le nom du groupe de rock qu'on voulait monter avec deux copines. Un groupe qui avait plus d'ambition que d'avenir puisque j'en étais la batteuse sans avoir jamais touché à une batterie de ma vie. Mais dans le doute, on avait déjà créé notre site Internet et des adresses MSN « Blue Sky » en ajoutant, évidemment, 69 pour le style (alors qu'à l'époque je n'avais encore jamais ne serait-ce que roulé une pelle à qui que ce soit). Donc franchement, en matière de logique : qui fait confiance à un adolescent ?

– Non, c'est sûr que c'est pas son année de naissance, dis-je à Max.

– T'en es certaine ?

– C'est-à-dire ?

– Bah, je sais pas, peut-être qu'il t'a dit qu'il avait ton âge mais que, en vrai, il était méga vieux.

Oh. Dans ma tête, c'est le retour de René, le pédophile mielleux.

Je n'ai jamais eu la certitude que Nour était bien celui qu'il prétendait être. D'ailleurs, j'ai souvent eu l'impression que quelque chose clochait chez lui.

– Mais tu sais à quoi il ressemble, quand même ? me demande Max en parcourant des résultats Google.

– Oui, oui, bien sûr. Il avait les cheveux très noirs, un peu comme toi, mais plus lisses. Au début, il avait une petite mèche à la Justin Bieber, mais il a fini par la couper. Il avait des traits fins, il portait parfois des lunettes.

– Vous faisiez des Skype ?

– Non, il ne voulait jamais. Je ne l'ai vu qu'en photo.

Maxime me regarde, l'air désolé. Il pense clairement que je me suis fait avoir par un énorme mytho.

– Ah, non ! Il me semble qu'il a mis une fois sa

webcam quand il était à l'internat. Mais en général, il y avait plein de gens autour, donc il ne le faisait pas.

De nouveau, je ne sais plus si j'ai inventé ce souvenir de toutes pièces pour me rassurer, ou si c'est réellement arrivé.

– Et là, tu as une photo ? On pourrait faire une recherche Google Images.

– Non, il a tout supprimé de son blog et je n'ai plus nos conversations.

– OK. C'est bizarre, quand même...

En effet, c'est bizarre. Même si, au quotidien, je n'avais rien à lui reprocher, certains détails m'ont toujours semblé étranges. Il avait une façon de s'exprimer beaucoup plus mature que la mienne, me décrivait une liberté rare pour un garçon de 15 ans, qui pouvait soi-disant tout envoyer valser du jour au lendemain. Mais chaque élément déroutant avait une explication crédible. Et puis, il n'avait aucun intérêt à mentir, donc je recouvrais mes doutes d'une couche de déni juste assez épaisse pour profiter de l'amour qu'il me donnait, et le croyais sur parole. Pas aveuglément. Pas naïvement. Je restais méfiante mais sans avoir peur. Sauf une fois.

Un soir, il m'a proposé le plus normalement du monde qu'on se retrouve à Bruxelles, où je n'avais encore jamais mis les pieds, à l'époque. J'avais demandé la permission à ma mère, qui m'avait regardée comme si je lui avais proposé du crack. Elle me fixait en ayant l'air de ne sincèrement pas comprendre : « Tu veux que je te conduise dans une ville que tu ne connais pas pour que tu voies un garçon du Sud de la France que tu as rencontré sur Internet ? »

Alors. Dit comme ça, en effet. Mais une des choses que la génération de ma mère ne comprend pas, c'est à quel point, pour la mienne (donc les gens nés entre les années quatre-vingt et quatre-vingt-dix), les *amis d'Internet* sont réellement des *amis*. Surtout quand on se sentait mis de côté dans la vraie vie, le virtuel était tout ce qu'il nous restait. On y grappillait le soutien, l'amour, la compréhension qu'on ne recevait pas ailleurs. Qu'on se rencontre en vrai ou pas, ça ne changeait pas grand-chose : on était juste heureux d'avoir trouvé des gens comme nous. Mais même si pour moi, j'allais juste voir un *ami*, j'étais en pratique évidemment d'accord avec ma mère[14]. Je m'étais même sentie soulagée quand elle m'avait répondu qu'il en était évidemment hors de question.

Je remue le fond de ma bouteille de bière en réfléchissant. La nuit est calme, ma tête tourne un peu. Je me laisse bercer par le ronronnement lointain des voitures et le tapotement des doigts de Max sur le clavier.

Il interrompt mes pensées.

14 — Parce que j'aimerais vous dire que j'ai un bon instinct quand il s'agit de juger les gens, mais c'est probablement ce que dirait une personne sur le point d'envoyer 3 000 euros à un inconnu via Western Union.

– Ah non, 34, c'est le code de l'Hérault, donc de Montpellier !

Ouf. Fausse alerte. René redisparaît de mon esprit, mais, pour la première fois, je me demande si Nour, tel que je l'ai toujours imaginé, existe réellement. C'est sûrement la raison pour laquelle j'ai souvent pensé à lui ces dix dernières années : le goût d'inachevé de cette histoire ne vient pas que de la tendresse des souvenirs qui s'estompent, mais aussi de l'impression que je ne saurai jamais vraiment démêler le vrai du faux. Il mentait probablement sur certaines choses – on le faisait tous, à cette époque-là, sur MSN –, mais sans que ça m'atteigne ou me blesse d'une quelconque manière. Je me confortais dans la réalité qu'il avait construite, tout en sachant que ça allait probablement finir par me retomber dessus. Je le savais. Il le savait. Deux inadaptés, enlacés sur une poudrière.

– Il habitait à Montpellier même ?

– Pas exactement à Montpellier, à Saussan.

La phrase est sortie de ma bouche presque par réflexe, comme une évidence planquée dans les tréfonds de ma mémoire depuis des années. En prononçant le nom de cette ville, je l'ai vu, écrit. De larges lettres majuscules se sont dessinées à l'encre noire dans ma tête.

C'est à ce moment-là que je me suis rappelé sa lettre[15].

15 — Ça a l'air d'être un gros *cliffhanger* plein de suspense, mais pas du tout. C'était une lettre classique. J'ai juste pas encore trop compris comment couper l'histoire en chapitres.

Je f[16]

16 — Là, par exemple, je pense que j'ai coupé le chapitre trop tôt.

Je fonce dans ma chambre. Le chat dort sur l'oreiller à côté du mien, comme souvent. Je lui gratte la tête, avant de fouiller sous mon lit pour récupérer une large boîte en carton à moitié éclatée à force de me suivre dans mes déménagements. Dedans, des photos de mon enfance, des cartes d'anniversaire, quelques affaires de Solène, des carnets de chansons que j'écrivais ado et un test de grossesse. Le seul que j'ai fait de ma vie. J'étais tellement heureuse qu'il soit négatif que je l'ai gardé. Quand j'ai un problème, je le sors et je réalise à quel point ma vie pourrait être pire, parce que je pourrais avoir ce problème ET un enfant.

Ça me bute que les gens puissent avoir envie de faire des gosses alors qu'on passe clairement sa vie d'adulte à essayer de se remettre de son enfance. La personnalité de quelqu'un est la conséquence des traumatismes qu'il a vécus. Si on devait mettre ça sous forme d'équation, ça donnerait un truc comme :

$$\text{Personnalité} = \frac{\text{traumas d'enfance}}{\text{temps}}$$

Donc, pourquoi créer de nouveaux êtres humains si c'est pour qu'ils se retrouvent face aux mêmes névroses que nous, trente ans plus tard ? C'est pessimiste mais c'est inévitable : on peut être les meilleurs parents du monde et faire tout ce qu'on peut pour que leur vie soit plus douce que la nôtre, on n'arrivera pas à les protéger de tout. C'est impossible de ne pas rater son enfant au moins un peu. C'est comme les œufs pochés. Il y a des techniques pour faire au mieux, mais ceux qui prétendent que *les leurs sont parfaits* font souvent les pires.

Et une fois adultes, ces mêmes gamins feront tout pour oublier ces traumas. Donc on pourrait dire que :

$$\text{Personnalité} = \frac{\text{traumas d'enfance} \times \text{déni}}{\text{temps}}$$

Puis, quand ils auront un trop grand vide à combler ou un couple à sauver (ou que le gars promettra qu'il se retirera à temps, puis en fait non), ils créeront eux-mêmes de nouveaux petits humains bourrés d'insécurité. Et ainsi de suite jusqu'à l'Apocalypse[17].

Je ne fréquente pas beaucoup d'enfants (ils ne sont pas sur Tinder) et je ne suis pas trop douée pour observer et comprendre ce que les gens ressentent[18], mais je suis sûre que si on analyse la vie d'un gosse et la façon dont son entourage interagit avec lui, on peut prévoir les comportements éclatés qu'il aura dix, vingt, trente ans plus tard.

17 — 2032.

18 — Je suis nettement meilleure pour énoncer des théories fondées sur rien.

Il y a quelques jours, mon chat a rapporté un oisillon et ça m'a rappelé une histoire débile. Je devais avoir 6 ou 7 ans et je marchais dans la rue avec je ne sais plus qui. Par contre, je me souviens que c'était dans une rue du centre de Huy, parce qu'il y a toujours beaucoup de pigeons, là-bas, comme si c'était leur QG. En voyant que tout un tas de pigeons volaient autour de nous, j'ai retroussé ma manche droite et tendu mon bras en avant, en espérant qu'un des oiseaux vienne s'y poser et se mette instantanément à m'obéir et à me suivre partout. J'imaginais tous les gens alentour se retourner vers moi, les yeux pleins d'admiration, murmurant : « Cette fille est incroyable, elle parle aux pigeons. » J'aurais été la plus stylée de toute la grand-rue de Huy. C'était pas rien.

Mais au bout de plusieurs minutes, j'ai dû me rendre à l'évidence : aucun de ces foutus pigeons n'a réalisé mon rêve (et les passants ont dû se demander pourquoi une gamine de 6 ou 7 ans tentait un timide salut nazi). Quelques années plus tard, alors que je regardais le ciel d'un air mélancolique, un oiseau a chié sur mes lunettes (je n'ai jamais été aussi heureuse d'en porter). C'est ce jour-là, avec de la fiente en guise de cache-œil, que j'ai définitivement abandonné l'idée d'impressionner qui que ce soit en dressant du poulet.

Ce qui m'amène à supposer que :

$$\text{Personnalité} = \left(\frac{\text{traumas d'enfance} \times \text{déni}}{\text{temps}}\right) - \text{pigeons}$$

Et ce besoin enfantin d'admiration, de lumière, d'amour – aussi superficiel soit-il – n'a fait que grandir. Vingt ans plus tard, me voilà comme une débile, en chien de tendresse et d'attention, à tenter par tous les moyens qu'on m'aime. En étant drôle, en me la jouant fille insensible ou en travaillant plus dur que les autres. Au début, je trouvais ça marrant d'attirer les regards, de faire rire, d'être félicitée. Mais j'ai l'impression qu'en grandissant cette envie occasionnelle s'est transformée en dépendance. Comme si les insécurités, encore naissantes à cette époque-là, s'étaient cristallisées pour former un immense gouffre sous mon plexus.

Toujours à genoux à côté de mon lit, je continue de fouiller dans la caisse en carton. Je finis par y retrouver la lettre de Nour, attachée à une cinquantaine d'autres enveloppes. Elles contiennent des monologues que j'ai écrits à des proches sans jamais oser leur envoyer. Une sorte de journal intime, épistolaire mais unidirectionnel. Déjà à cette époque, mes émotions débordaient.

Je rejoins Maxime dans le salon, reprends une gorgée de bière et sors la lettre de son enveloppe. Elle est rédigée à l'encre noire, sur du papier Canson. Comme si Nour savait qu'elle avait vocation à être conservée, à devenir un objet important de ma vie[19].

Je lui lis à haute voix :

19 — Franchement, si un jour vous voulez détruire mes horcruxes, commencez par là.

« Into the Wild » (Vers l'inconnu)

Si tu n'as jamais vu ce film, tu devrais vraiment le regarder. Je le trouve superbe.

Tu t'en fous peut-être, mais j'ai acheté un stylo-plume spécialement pour cette lettre. Je vais essayer de faire les choses bien même si mon écriture laisse parfois à désirer, désolé pour ça. Il y a sûrement un tas de choses que je voudrais dire ici mais j'ai l'espoir que tu devines tout ça, même si ça sera sûrement compliqué.

Le jour où j'ai reçu ton courrier j'ai ressenti quelque chose. Ça peut paraître idiot mais ça m'a donné l'impression que t'étais pas si loin de moi. J'ai eu du mal à dormir, aussi. J'ai relu ta lettre au moins cent fois avant de trouver le sommeil. Belle écriture ;).

Je suis tombé sur un bouquin récemment : « Lettres secrètes ». Il m'a fait pas mal penser à toi. J'y ai lu : « Traversant la ville dans l'espoir de l'apercevoir et de ressentir à nouveau la chaleur de son regard se poser sur moi. »

Bref, tu sais que je penserai toujours à toi donc évite de m'oublier ;). (J'ai écrit sur une feuille Canson, désolé, je n'avais que ça, j'ai oublié d'acheter du papier avec le stylo)

Writing to reach you.

N. ALAOUI

Maxime hoche la tête, les lèvres pincées :
– Ah ouais, c'est un lover.
– Ouais, je sais, c'est ridicule.
Ridicule mais touchant. Le genre de choses mielleuses qu'on méprise quand elles s'adressent aux autres, mais qu'on garde des années quand elles nous sont destinées.
– Il ne dit rien d'autre ? me demande Maxime.
– Non, il n'y a que ça.
– Bons goûts, pour *Into the Wild*... Montre-moi l'enveloppe ?
Il la saisit et s'arrête sur l'adresse de l'expéditeur.

Nour Alaoui
67 avenue de la Conquête
34570 Saussan – FRANCE

Assez peu intéressé par nos recherches, mon chat nous rejoint dans le salon et s'étire longuement. Il me regarde avec mépris avant de décider que je suis digne de le caresser. Pensive, je passe la main sur son dos, faisant voler des poils blancs et roux sur le parquet. Il y a une hypothèse à laquelle j'ai souvent réfléchi, concernant Nour :
– Peut-être qu'il est nulle part sur Internet parce qu'il est mort.
Ça me rendrait triste mais je me dis aussi que c'est très chic d'avoir un ancien amant décédé[20]. Et puis,

20 — Là, c'est mon romantisme de *drama queen* qui parle.

si en dix ans il ne m'a pas rappelée, c'est forcément qu'il est mort[21].

Max fait la moue. En guise de réponse, il prend mon ordinateur et entre l'adresse de l'enveloppe sur Google. Des résultats. Youssef Alaoui, un plâtrier, domicilié là.

– Tu sais qui c'est ? il me demande.

Aucune idée. Mais j'aurais tendance à penser que soit Nour n'existe pas et ce fameux Youssef se faisait passer pour lui ; soit Youssef est son oncle, chez qui il vivait.

Dix minutes et au moins douze mille clics plus tard, on trouve le numéro de téléphone lié à la société. C'est l'euphorie.

– Vas-y, on appelle ! je lui dis.

Maxime me calme :

– Il est minuit passé quand même, c'est pas dingue comme premier contact.

Il a raison. Ce n'est pas une heure raisonnable pour faire semblant d'être intéressé par une nouvelle terrasse[22]. De toute manière, je ne pense pas que j'aurais osé mentir. Je ne sais pas faire ça.

– Cela dit, il y a peu de chances que le numéro soit encore attribué, l'entreprise a été radiée en 2015. Peut-être même qu'il est décédé, le Youssef.

– Essayons quand même, on sait jamais.

21 — Là, par contre, c'est mon ego.

22 — Aucune idée de si c'est bien ça que construit un plâtrier. Mais je vous rappelle que j'ai deux grammes dans le sang.

Je note le numéro de Youssef (dans une note de téléphone modestement nommée « Enquête ») et lance une recherche Google Street View. Sur l'écran s'affiche un bâtiment couleur crème, typique des maisons provençales. Un haut muret cache la majorité de l'habitation, mais on voit tout de même dépasser une large véranda. Une petite barrière verte donne accès au jardin, rempli d'arbres desséchés. Sur le toit, deux grandes paraboles. Je jette un rapide coup d'œil aux alentours. Un quartier calme, où toutes les maisons se ressemblent. Les murs jaune pâle sont sales mais lumineux, écrasés par le soleil du Sud.

Depuis l'emplacement de la maison, j'aperçois deux hommes de dos qui marchent dans la rue. Je clique pour me déplacer virtuellement. Ils disparaissent. Eux aussi semblent n'avoir jamais existé.

Il est presque 2 heures du matin, on commence à être claqués. Maxime rassemble ses affaires pendant qu'on fait le point. On n'a trouvé aucun Nour Alaoui dans les résultats du bac de l'Hérault pour les années 2011-2012, mais ce dont on est sûrs, c'est que quelqu'un qui porte le même nom que lui a vécu à cette adresse. Je suis déjà soulagée.

– Je pense pas que j'arriverai à dormir tellement je suis excité par tout ça, me dit Maxime.

Il est si mignon. Je lui réponds que moi non plus, mais je sais très bien qu'avec tout ce que j'ai bu, je vais m'effondrer comme une masse en trois minutes.

– Tu veux que je passe demain pour qu'on l'appelle ensemble ?

Je suis tellement épuisée que je n'ai pas la force de me projeter au lendemain. Tout ce que je veux, c'est dormir.

– Je bosse, demain, mais de toute façon je dois réfléchir à ce qu'on pourrait bien lui dire.

On s'enlace, il repart. Je m'endors, le chat couché sur l'oreiller à côté de moi.

Un battement de cils plus tard, il est 7 h 30. Mon réveil sonne. Je n'ai ni l'énergie ni l'envie de me lever. Je retarde le réveil. Il re-sonne. Je le retarde encore. Il re-sonne. Il est 10 heures. Merde. À peine le temps de prendre une micro-douche, d'embarquer une pomme et de me faire un café. La Senseo se met à fumer bizarrement puis s'éteint. *Fuck*.

Je me retrouve à devoir choisir entre filer au travail sans café ou me mettre encore plus en retard pour passer en acheter un au JAT (le bar à hipsters d'en bas) – mais ça serait vraiment irrespectueux vis-à-vis de mon entreprise.

Dix minutes plus tard, je récupère un *latte* extra-large. Une minuscule dose de café pour quatre de lait et deux sucres, ma vie. Je ne suis pas accro ni rien (et je pense que les gens qui disent « Ne me parlez pas avant mon café du matin » mériteraient qu'on ne leur parle jamais) mais ça m'aurait trop plombée d'arriver au travail sans en boire un. Y a rien à faire, un café *latte*, ça goûte le réconfort.

Je dois avoir deux heures trente de retard en arrivant au bureau mais comme c'est le début des vacances, personne n'est là pour le remarquer. Et puis, de toute façon, tout le monde s'en fout. Je suis déjà allée travailler en étant ivre comme une queue de pelle[23] : on m'a seulement dit que j'avais l'air de particulièrement bonne humeur. Super.

Je fais aujourd'hui ce que j'ai l'habitude de faire quand je suis seule au bureau l'été : expédier en trois heures ce que je suis supposée boucler en huit, puis attendre que le temps passe en mangeant des Haribo. Je commande des trucs sur Internet, j'écoute des podcasts et je regarde des interviews Konbini de gens que je ne connais pas sur des sujets dont je me fiche.

Mon job est un mélange de journalisme et d'envie de crever. À savoir : rédactrice pour un site d'actu locale. Ça revient à écrire des brèves sur des événements nuls dans des endroits nuls. Je m'assure que nos lecteurs soient au courant que Johnny Cadillac (sosie *officiel* de Johnny Hallyday !!) est en concert à La Louvière le 15 août, ou qu'un jeune garçon de Chapelle-lez-Herlaimont lance une start-up de recyclage de tongs. C'est presque devenu un jeu, de relayer les infos les plus déprimantes possibles. Je déteste ce job mais il paie bien, les gens sont gentils

23 — Je ne suis pas sûre de l'expression.

et j'attends de retomber sur mes pattes pour trouver quelque chose que j'aime davantage, en étant sûre de pouvoir réellement m'y investir.

Après ma pause de midi, je reçois un message de Maxime : « Ça pourrait nous donner des idées pour retrouver Nour. Tu l'as déjà vu ? », suivi d'un lien AlloCiné vers le documentaire *Catfish*.

Jamais entendu parler. Je pensais d'ailleurs que le *catfish*, c'était une recette, donc à moins que Philippe Etchebest se soit lancé comme détective privé, je dois me tromper.

En effet. Wikipédia m'apprend que le *catfishing* (en français : « pêche au poisson-chat ») est une activité de tromperie par laquelle une personne crée un personnage fictif ou une fausse identité sur un réseau social, en ciblant généralement une victime spécifique.

Nickel.

À 17 heures, je quitte le bureau et m'assieds sur le banc métallique de l'arrêt de bus.

J'ai la tête enfoncée dans les épaules et couverte d'un bonnet (cheveux gras, tmtc). Mes mains sont fourrées dans les poches de ma veste en jean et j'écoute une compilation de *b-sides* d'Angel Olsen, mon gros casque Sennheiser posé sur les oreilles. Si j'avais écouté quelque chose de plus rythmé, je n'aurais peut-être pas entendu le bruit du choc entre l'animal et la voiture. Court, étouffé.

Je me retourne. Presque au ralenti, je vois le chien – un gros beagle, je crois – rouler une dizaine de mètres sur lui-même, ses oreilles flottant dans les airs. Comme dans un cartoon, il affiche la mine ahurie d'un personnage qui n'a aucune idée du piège dans lequel il vient de tomber. Il s'immobilise, semble plus sonné que mal en point.

Pas d'effusion de sang, seulement une violente

collision. Un instant plus tard, le cri strident de sa maîtresse. Après plusieurs secondes de ce hurlement ininterrompu, elle finit par articuler : « Mon bébé, mon bébé ! » Elle interpelle les conducteurs des voitures en sens inverse qui attendent que le feu passe au vert. Un premier homme ouvre sa portière. Elle traîne son chien jusqu'à lui, sans se soucier de la patte avant de l'animal, qui forme un angle étrange.

L'automobiliste refuse visiblement ce qu'elle demande puisque, la main toujours fermement accrochée au collier, elle tire la bête jusqu'à la voiture suivante. Une femme en sort du côté passager. Elles échangent quelques mots et finissent par monter toutes les deux à bord. Le véhicule démarre. De son côté, l'auteur de la collision a pris la fuite et bifurqué une rue plus loin.

En quelques secondes, tout rentre dans l'ordre. La propriétaire du chien est probablement encore en larmes, à plusieurs dizaines de mètres mais, ici, les feux passent du rouge au vert comme ils l'ont toujours fait. Les voitures s'arrêtent, redémarrent. Les gens traversent, marchent, rentrent chez eux. Et moi, je me sens mal.

Mon corps est raide. Chacun de mes membres est lourd, sur le point de tomber. Pendant plusieurs minutes, je ressens ce qui me submerge à chaque fois que quelque chose d'irréversible se produit. Mon cerveau est pétrifié, incapable d'intégrer la violence des informations qu'il reçoit. Je me sens comme à la morgue après la mort de ma sœur. La terreur de la jeune femme m'a rappelé la mienne à cette époque, face au minuscule corps de Solène. Ses hurlements résonnent avec ceux que j'ai été incapable de pousser. Je n'avais pas pleuré tout de suite. Je n'avais même pas réagi. J'étais restée stoïque, regardant ma mère en larmes. Je suis montée dans ma chambre, je me suis assise sur le lit et je me suis forcée à sangloter, parce que je savais que je devais le faire.

Aujourd'hui, je suis là, recroquevillée sur le banc d'un arrêt de bus. Plus aucun endroit sûr n'existe. Plus aucune routine, plus aucune certitude. Ce n'est qu'un chien renversé par une voiture, ça arrive chaque jour. Mais c'est le caractère imprévisible de cette situation qui me retourne le ventre. Cette fille est sortie promener son chien, sans se douter de rien, et elle se retrouve à l'arrière de la voiture d'une inconnue, en route vers un cabinet vétérinaire. Elle aurait tout aussi bien pu glisser sur un passage piéton humide, tomber à la renverse et se faire écraser la tête par les pneus d'un camion. Les os de son crâne auraient été broyés sous le poids du véhicule. Son sang aurait recouvert la chaussée, tout autour de ce qui, quelques minutes plus tôt, était encore son visage.

La police aurait retrouvé ses papiers d'identité sur elle et contacté sa famille. Une banale glissade sur de la peinture blanche, et ils se retrouvent avec un cadavre défiguré, méconnaissable, à devoir enterrer dans les trois jours. C'est probablement l'une des choses qui m'effraie le plus au monde. La disparition de la personne par son anéantissement physique. Abîmer un corps revient à nier son âme. Comment reconnaître l'esprit d'une personne si l'on ne distingue plus son visage ?

Plusieurs minutes passent avant que je retrouve mon calme. Dans ces moments, j'ai envie que tout s'arrête. L'existence me semble hors de portée, trop lourde. Je ne vois pas comment je pourrais continuer de vivre en sachant que rien n'est réellement sous contrôle et que le peu de certitudes que j'ai risque à tout moment de voler en éclats. Il n'y a aucun abri contre la vie si ce n'est de l'arrêter soi-même.

Je n'ai jamais voulu mourir, mais j'ai souvent eu envie de ne pas exister.

Une impression ronronnante que je n'étais pas faite pour la vie, trop hostile pour moi. Comme si le monde tournait trop vite pour que je puisse le suivre. Peut-être que je fais juste partie des gens qui sont imperméables aux belles choses et trop sensibles aux autres.

D'aussi loin que je me souvienne, j'ai toujours regardé de travers les gens qui parlent fort, rient sans cesse et vivent comme si tout était facile. J'ai longtemps essayé de me fondre dans la masse, avant de réaliser que plus j'étais entourée, plus je me sentais seule. J'ai fini par détester mes pairs encore plus que je les enviais et ma colère à leur égard s'est cristallisée pour ne plus former qu'une épaisse couche de dégoût : en les méprisant, je m'en voulais moins de ne pas leur ressembler.

C'est sûrement pour ça que je me sentais si bien en parlant à Nour : il avait l'air aussi seul que moi. On était deux inadaptés qui tentaient de se faire une place.

C'est toujours ce genre de personnes que je finis par fréquenter, avec plus ou moins de succès. Souvent moins, en fait. Parce que – il m'a fallu du temps pour le comprendre – être deux petits marginaux, ça ne suffit pas pour qu'une relation fonctionne : ceux qui se sentent différents le sont rarement de la même façon. Ils sont tous bousillés à leur manière. On ne peut pas simplement les mettre ensemble et s'attendre à ce que ça marche : ça serait comme essayer d'imbriquer les pièces de deux puzzles différents.

On se retrouve dans des relations intenses, parfois belles, mais souvent douloureuses. Peut-être que c'est le prix à payer pour avoir accès à quelqu'un de spécial, je ne sais pas. Devoir supporter que ses failles ne soient pas douloureuses que pour lui.

C'était le cas avec Alexandre.

J'ai passé quatre ans avec Alexandre, il m'a fait énormément de bien. Il était à moitié cassé mais bizarrement fonctionnel et, surtout, infiniment tendre. Il avait la fragilité de ceux qui n'ont jamais trouvé de refuge à leur taille mais la sévérité des perfectionnistes qui attendent des autres qu'ils soient au moins aussi investis qu'eux.

Nos névroses ont cohabité sereinement pendant les deux premières années, avant que sa dureté prenne le pas pour les deux suivantes, renforcée par mon manque d'investissement dans notre relation. La suite n'a été qu'un long déchirement, durant lequel on n'arrivait pas à admettre l'inéluctable : nous étions bien plus des amis que des amants.

Quand on s'est séparés, j'ai perdu mon mec et mon meilleur ami. Double creux dans la poitrine. Réaliser qu'on n'est plus la priorité de personne, ça rend difficile de s'aimer soi-même.

Il s'est assez vite remis avec quelqu'un, qu'il a l'air d'aimer avec beaucoup plus de passion qu'il ne m'a aimée moi. Rationnellement, ça m'a rendue très heureuse pour lui. Mais émotionnellement, je me suis sentie plus bas que terre.

Je l'aime toujours profondément, mais de manière plutôt fraternelle[24]. Avec toute la loyauté et la violence que peuvent connaître des frères et sœurs.

Alex est assez difficile à appréhender (c'est un euphémisme pour dire que 90 % de mes connaissances le détestent). La première fois que je l'ai rencontré, je l'ai trouvé arrogant. Les dix fois suivantes aussi. Mais j'ai fini par comprendre les raisons pour lesquelles il l'était, ce qui excusait beaucoup de choses. Attention surprise : sous cet ego extérieurement surdimensionné de mâle blanc hétérosexuel se cachait en fait un petit garçon apeuré. On lui avait accordé tellement peu d'attention étant jeune qu'il avait pris le réflexe de se mettre lui-même en avant. Dès qu'il le pouvait, il répétait à qui voulait l'entendre à quel point il faisait de grandes choses, malgré son absence de réussite extérieure – car le commun des mortels n'était pas capable de comprendre son génie. Ce qui était insupportable à entendre, mais loin d'être faux. Il était beaucoup plus intelligent que la plupart des gens et passionné par des sujets pointus qui n'intéressaient que lui.

L'Éducation nationale n'étant faite que pour des

24 — Vive Lille.

cerveaux « classiques », il avait galéré pour faire ses études, et tentait depuis six ans d'obtenir un master qu'il ne validerait probablement jamais. Des échecs qui contrastaient donc avec l'intelligence qu'il se targuait d'avoir.

Résultat : personne ne pouvait le supporter, alors que, sous les couches de fierté mal placée, il était une des personnes les plus incroyables que j'aie pu rencontrer. Baladé entre son ego, ses réelles remises en question et son envie de faire au mieux.

Alexandre était très cartésien, voulait tout expliquer par a + b. On ne pouvait pas regarder un film sans devoir l'analyser. Pour pallier la solitude qui le bouffait, il attendait de moi que je fonctionne comme lui. Il lançait des débats sur l'art contemporain à 7 h 30, alors que je comatais toujours, la tête cachée sous l'oreiller. Il critiquait l'essentiel de ce que je faisais parce que ce n'était pas à la hauteur de ce qu'il attendait de moi, me reprochait de ne pas chercher à m'améliorer ni d'être capable de dire pourquoi je l'aimais. C'était une de nos disputes récurrentes, d'ailleurs. Si je n'étais pas en mesure d'expliquer avec des arguments rationnels pourquoi j'étais avec lui, c'était le signe que je restais dans cette relation par habitude et par peur d'être seule.

En vrai, je ne savais pas vraiment pourquoi on était ensemble. L'existence me paraissait juste moins difficile avec lui. Mais ce n'était pas une raison valable : l'émotionnel n'était pas admis dans l'argumentation. Il fallait des faits. Des explications. Des raisons logiques. Alors que je vous ai dit, je ne vois que la soupe verte, pas les légumes.

Sur la dernière année, on s'est donc détestés autant qu'on s'aimait, je crois. On vivait avec une sorte de ressentiment permanent. On s'engueulait souvent. Enfin, *il* m'engueulait souvent. Et moi, je ne supportais plus de tout devoir justifier, d'avoir à tout analyser, décortiquer. Je pressentais ses reproches avant qu'ils n'arrivent. Comme une épée de Damoclès au-dessus de ma tête en permanence. On passait de moments de complicité intenses (parce qu'on était très drôles, ensemble, vraiment) à des froids cruels. Parfois, pendant plusieurs jours d'affilée, on allait se coucher fâchés, aigris. Dans le lit, un ravin glacial entre nos corps qui ne se connaissaient plus.

Avec le recul, je n'arrive pas à savoir si je l'aimais lui, ou si j'aimais qu'il m'aime. Parce qu'aimer quelqu'un, ça se mélange quand même beaucoup avec aimer l'image de nous qu'il nous renvoie. Peut-être que j'avais juste besoin d'être la priorité de quelqu'un pour avoir l'impression que je méritais d'être là. C'est fou comme parfois, on veut tellement trouver une place qu'on est prêt à accepter n'importe laquelle.

Juillet défile, je me laisse glisser dans la tristesse moite de l'été. Je suis épuisée. Mes nuits durent des jours entiers et les semaines ressemblent à des mois.

Comme chaque début de vacances, je suis vide. Pas juste triste, mais *vide*. De toute envie, de toute ambition, de toute volonté même d'essayer de trouver des solutions.

Sans le moindre élément déclencheur, un abîme de tristesse s'ouvre et se referme sous mes pieds, presque au hasard. Dans le métro, en travaillant, en regardant un film. La mélancolie me frappe sans mobile mais avec une force telle que je ne suis pas capable de lutter. Comme si la fabrique de sérotonine dans mon cerveau profitait des vacances pour faire un break : « De retour le 29 août, *ciao* les nazes + emoji soleil. »

Rester chez moi m'ennuie mais sortir n'est plus

une option. Je n'ai plus le courage de voir mes amis, de répondre aux appels de Max, d'aller à des concerts ou même de faire des courses. Les activités les plus basiques deviennent des montagnes à escalader. Le pire n'est probablement pas que je préfère passer ma journée allongée, les rideaux tirés, en faisant semblant de télétravailler, mais plutôt que cet état me semble sans issue. Je pourrais m'habituer au spleen en embuscade mais pas à cette absence d'échappatoire.

Dans les bons jours, je parviens à me forcer. Le matin, je fais cinquante mètres pour aller chercher du café au JAT parce que je n'ai pas encore eu le courage de faire réparer ma machine. Au début, je prenais deux gobelets à emporter. Maintenant, j'y vais avec ma propre carafe, qu'ils remplissent en me regardant bizarrement. Je ne sais pas si c'est à cause de la carafe ou du jeans enfilé par-dessus mon pyjama pour sortir de chez moi.

L'après-midi, je vais jeter mes bouteilles à la bulle à verre. Je les y emmène une par une, pour avoir une raison d'y retourner chaque jour. Et les journées défilent ainsi.

Un soir, mon téléphone sonne. Boule au ventre, comme à chaque fois. Aucune bonne nouvelle n'arrive à 22 heures. Personne de rassuré n'appelle à 22 heures. Les appels m'angoissent depuis que Solène est morte. À chaque fois que mon iPhone vibre, je suis persuadée qu'on va m'annoncer la mort de quelqu'un.

Je suis déjà au lit, mon ordinateur posé à 90 degrés à côté de moi pour pouvoir regarder une série en étant allongée. Je reste immobile plusieurs secondes après que mon téléphone a commencé à s'agiter.

Au bout de cinq ou six sonneries, je finis par décrocher. Ce soir, personne n'est mort[25]. C'est Maxime qui prend de mes nouvelles et me demande si j'ai avancé dans mes recherches sur Nour. Je lui réponds que non : le travail me prend tout mon temps, raison d'ailleurs pour laquelle je n'ai pas répondu à ses appels précédents. C'est évidemment faux, la vérité c'est que je dépense déjà toute mon énergie à garder la tête hors de l'eau. J'essaie de bosser du mieux que je peux, de me convaincre que ce que je fais a de l'importance pour la simple raison que c'est inscrit dans un cadre. Pourtant, quand je me pose deux minutes pour prendre du recul, je sens le poids du monde sur mes épaules, parce que tout me semble vain.

Après son appel, je me sers un gin et j'ouvre toutes les applications de mon téléphone les unes à la suite des autres, pour me convaincre que je suis occupée. J'ouvre même Uber pour voir s'il y a des chauffeurs aux alentours alors que je ne vais nulle part. J'aime juste savoir qu'ils sont là et que, si je voulais, je pourrais partir.

25 — Enfin si, sûrement que plein de gens sont morts ce soir-là, mais aucun que je connaisse.

La chaleur du mois d'août s'écrase sur les fenêtres de mon appartement. Hier matin, l'envie est revenue comme elle était partie et j'ai repris ma vie là où je l'avais laissée quelques semaines plus tôt.

Je suis habituée aux montagnes russes de ce genre. Ma vie est une alternance de périodes nihilistes et de pics de frénésie. Comme souvent, une fois la tristesse passée, je suis curieusement optimiste et prête à tout. Une sorte de pulsion de vie après avoir eu l'impression que tout en moi s'était éteint.

J'ai réactivé mon compte Tinder et passé la journée d'hier à parler avec des filles. Enfin, avec *une* fille. Parce que, sur Tinder, les filles ne parlent pas entre elles, c'est la règle tacite : on se matche puis on s'ignore jusqu'à ce qu'on meure. Mais j'ai parlé avec *une* – amen – et on s'est donné rendez-vous le soir même. J'aimerais vous dire que le rendez-vous a été à la hauteur de mon engouement, mais pas du tout.

Quelle histoire foireuse, bordel. Je ne sais pas si ce *date* était hilarant ou désespérant, mais sûrement un peu des deux.

Elle s'appelait Sarah[26]. Elle m'a abordée en parlant de *The Office*, en référence à une de mes photos Tinder où je porte un t-shirt à l'effigie de la série. Très vite, la conversation est devenue :

– PARKOUR.

– PARKOUR.

– PARKOUR, PARKOUR.

– PARKOUUUUUR[27].

On a dévié sur d'autres séries : *Fleabag*, *I May Destroy You*, *Brooklyn 99*... On partageait les mêmes références, les mêmes lectures, les mêmes idoles.

Sur le papier, c'était mon âme sœur. Enfin, non. C'était plutôt ma copie conforme, en fait. Si quelqu'un qui ne nous connaît pas bien devait nous décrire, il utiliserait exactement les mêmes mots pour elle et moi. On était similaires jusque dans la maladresse de notre discussion.

Je suis toujours gauche avec les filles. C'est assez curieux, parce que je n'ai pas du tout ça avec les hommes, sûrement parce que je m'en fiche. Ça me

26 — J'attends le courrier des avocats de Tatiana de Rosnay.

27 — Évidemment, pour ceux qui n'ont jamais vu *The Office*, ça n'a aucun sens. Mais écrivez-moi sur Instagram et je vous file mes identifiants Prime Video pour que vous puissiez mater. Vous méritez.

permet d'être beaucoup plus en confiance et de prendre les devants, vu que je n'ai rien à perdre.

Avec les femmes, c'est l'inverse. J'ai peur de faire n'importe quoi parce que je sais qu'elles pourraient me plaire sérieusement. Donc les histoires se passent plus souvent dans ma tête que dans la réalité, vu que dans 90 % des cas je n'ose rien tenter. Et puis de toute façon, je finis toujours par ne désirer que des filles strictement hétéros, donc c'est mort dès le départ.

J'ai longtemps pensé que la question de mon orientation sexuelle ne m'avait jamais travaillée, que j'avais toujours considéré ça comme un non-sujet. Puis j'ai repensé à la violence avec laquelle j'ai tenté de me convaincre que j'aimais les hommes, juste parce que c'était plus facile.

L'apogée de cette lutte, c'était la première fois que j'ai tenté de coucher avec un garçon.

Juillet 2012. C'était le soir de mes 18 ans. Des amis m'avaient organisé une soirée camping sauvage en pleine forêt pour fêter ça. Au programme : bière, musique et barbecue au bord de la rivière.

Ils avaient planifié la même chose l'année précédente pour mon dix-septième anniversaire et j'en gardais un souvenir merveilleux. C'était l'un des rares moments où je m'étais sentie appartenir à un groupe (exception faite de ma rencontre avec Nour deux étés plus tôt), j'étais donc très excitée de remettre ça.

Sauf qu'un an plus tard, notre relation m'ennuyait. Elle était comme un petit animal à moitié mort sur le bord d'une route qu'on tente de réveiller en le remuant mollement du bout du pied. Les gens étaient toujours les mêmes et, pourtant, rien n'était plus comme avant. C'était peut-être ça le problème, d'ailleurs : qu'ils n'aient pas changé.

Je n'ai pas l'impression d'avoir énormément évolué non plus, en soi j'ai juste l'impression d'être devenue plus triste. Ça a suffi pour creuser un fossé entre nous. La simplicité qui m'avait tant plu chez eux m'oppressait désormais.

Noémie, Julie et JF jouaient tous les trois dans le même groupe de rock. Ils l'avaient formé plusieurs années auparavant, non par alchimie musicale mais parce qu'ils étaient les seuls musiciens de leur collège. Quand on vit dans des bleds aussi perdus que les nôtres, on recrute des musiciens comme on choisit ses amis : parce qu'ils sont là.

Ça faisait donc plusieurs années qu'ils tentaient de concilier leurs goûts musicaux pour régurgiter une sorte de pop-rock passe-partout qu'ils jouaient à tous les festivals et foires aux boudins des environs. Le sommet de leur carrière fut atteint avec un *live* enregistré par la chaîne locale, TéléSambre, dont ils étaient très fiers.

De son côté, Olivier était animateur d'un groupe de louveteaux (les trois quarts des anecdotes qu'il racontait impliquaient donc des enfants de 10 ans), tandis qu'Alice venait de quitter un job qu'elle n'aimait pas pour reprendre des études dans un secteur bouché. Dans un registre plus tragique encore, Coraline avait assisté à 57 concerts d'Indochine et vivait au rythme de leurs tournées.

Ça me déprimait, tout en me faisant envie car je voyais bien qu'ils ne se posaient pas de questions sur tout en permanence : ils remplissaient juste leur vie de choses qu'ils aimaient. Je m'en voulais d'être devenue snob au point de juger ça. C'est horrible de trouver « trop simples » des gens qu'on a appréciés. Non seulement on perd des gens qui ont compté pour nous, mais en plus, on se déteste de ne plus parvenir à les aimer.

Je suppose que c'est typique des gens qui quittent leur campagne natale pour rejoindre les grandes villes. La simplicité du passé nous manque autant qu'elle nous ennuie. Résultat : je m'ennuyais comme un rat mort à ma propre soirée d'anniversaire.

Il était à peine 19 heures. En considérant qu'on n'allait pas dormir avant 2 heures ou 3 heures du matin, qu'on se lèverait vers 10 heures et que j'avais prévu de repartir par le train de 15 heures, ça nous laissait douze à treize heures de sociabilisation forcée avant de rentrer chez moi. C'était long. Très long.

Tous les autres avaient l'air de s'amuser. Olivier et JF se jetaient dans la rivière depuis un rocher surélevé. Coraline rassemblait des bouts de bois et Ryan tentait en vain d'allumer un feu depuis dix minutes. Les autres avaient tous une bière à la main et je les écoutais passivement discuter, assise sur un rondin. J'avais les yeux dans le vide et envie de crever.

– On ferait pas un jeu ? a demandé Noémie, qui prenait toujours le *lead* pour divertir les troupes et s'assurer que tout le monde passe un bon moment.

J'ai attrapé une feuille séchée entre mes pieds et j'ai tenté de la broyer en un maximum de morceaux possibles. Douze à treize heures. Douze à treize heures à les regarder s'amuser en me haïssant de ne plus apprécier leur compagnie.

Julie a proposé un jeu d'alcool : le « Je n'ai jamais ». Chacun notre tour, on devait énoncer quelque chose qu'on n'a « jamais fait ». Ceux du groupe qui l'avaient « déjà fait » devaient boire une gorgée. J'ai attrapé la bouteille d'amaretto que j'avais apportée.

« Je n'ai jamais fait l'amour en public. »

« Je n'ai jamais trompé mon mec ou ma meuf. »

« Je n'ai jamais entendu mes parents baiser. »

« Je n'ai jamais pris de drogue dure. »

Je n'avais effectivement rien fait de tout cela.

« Je ne me suis jamais tapé deux personnes à la même soirée. »

« Je n'ai jamais fait de plan à trois. »

« Je n'ai jamais triché à un examen. »

Toujours pas. Mais ça, j'étais la seule à le savoir. Au bout du cinquième tour, j'ai donc décidé de prendre une gorgée à chaque affirmation dont l'aveu – même faux – n'était pas trop gênant.

Je n'étais pas fan du goût de l'alcool, mais j'aimais beaucoup l'ivresse. Elle brouillait mes perceptions, ralentissait mon flux de pensées et condensait le temps. J'enchaînais les mensonges et mon esprit s'emmitouflait dans des ressentis approximatifs. Très vite, je n'ai plus senti le goût immonde de l'amaretto, qui s'était dissipé en même temps que mon ennui. Je ne prenais même plus la peine d'attendre le tour suivant pour boire.

Après une vingtaine de minutes de jeu, j'avais terminé la bouteille. J'étais totalement défractée alors que les autres terminaient seulement leur deuxième ou troisième pils, mais on s'amusait enfin de la même façon.

Une demi-heure et une première tournée de pains-saucisses plus tard, JF a sorti sa guitare. La nuit tombait, les flammes du barbecue éclairaient nos visages et ma tête tournait. Immobile, je regardais fixement les arbres devant moi en tentant de comprendre d'où partait le mouvement rotatif insaisissable que je voyais pourtant. Je soupçonnais la forêt de danser pour me narguer.

Assez logiquement, j'ai commencé à saliver et à sentir des picotements dans mes joues. Je me suis éloignée du groupe à quatre pattes et une fois que j'ai eu l'impression d'être assez loin (en réalité, j'étais à deux mètres), j'ai vomi sur un talus. Au bout de quelques secondes, j'ai réalisé que j'avais omis – détail gourmand – d'enlever mes mains du sol avant d'y déposer le contenu de mon estomac. Mes doigts étaient recouverts d'un mélange de saucisse et de liquide brunâtre qui dégageait une odeur épouvantable. Je me rappelle vaguement que Noémie m'a aidée à aller jusqu'au bord de la rivière pour me rincer les avant-bras.

Vous vous demandez peut-être pourquoi je vous parle de vomi alors que j'étais supposée raconter ma première fois. Vu que je suis une fille classe, les deux éléments sont quasi simultanés.

Les heures suivantes sont assez floues. Mes amis m'ont probablement posée contre un arbre comme un totem Koh-Lanta en attendant que je décuve. Mes souvenirs reprennent vers 1 heure du matin (c'était toujours ça de gagné !), un peu avant le moment du coucher. Il était prévu que je dorme dans la tente d'Olivier.

Je savais que je lui plaisais. Il me courait après depuis plusieurs mois en n'ayant apparemment pas compris deux choses : qu'il avait établi un campement définitif dans ma friendzone et que, clairement, en dehors du petit crush que j'avais eu sur Nour, je préférais les filles.

Je n'avais pas encore totalement fait le point sur mon orientation sexuelle, mais le corps des hommes ne provoquait en moi qu'une immédiate envie de détourner les yeux (après tout de même deux ou trois secondes de «*good lord,* c'est quand même bien moche une bite»). Je découvrirai plusieurs années plus tard que je n'étais pas totalement lesbienne. C'est simplement que je n'avais encore jamais rencontré d'homme qui ait un réel intérêt à mes yeux.

Pourtant, à 18 ans, j'étais convaincue qu'il était grand temps que « j'y passe ». Faire l'amour avec des filles, c'était bien mignon, mais je voyais comme un échec le fait de n'avoir jamais été pénétrée par un homme. De ne pas comprendre de quoi parlaient les gens du collège ou les histoires que j'entendais au sujet des rapports homme-femme. Je rigolais aux blagues de cul hétéros (aussi clichées soient-elles) et réagissais aux anecdotes sans les comprendre. Je tentais d'imaginer tant bien que mal comment ça pouvait se passer mais je n'en savais rien. C'était non seulement une honte d'être toujours considérée comme vierge à mon âge[28], mais surtout, j'étais potentiellement ce qu'on pouvait appeler « une gouine ». Et je ne voulais pas l'être. Je ne voulais pas avoir à endurer toute ma vie les réflexions qu'impose l'homosexualité : se demander si une fille dont on est folle pourrait être accessible ; être au fond du trou quand on comprend qu'elle ne l'est pas ; devoir analyser son environnement pour savoir si un geste d'affection envers quelqu'un du même sexe sera toléré...

Je n'aimais pas non plus le regard des hétérosexuels sur moi. Quand j'avais 16 ans, notre prof de gym a organisé un cours de danse (obligatoire, évidemment) pour toutes les filles de la classe. Au moment de former des duos, j'ai entendu Margot (une connasse qui aimait l'équitation) dire qu'elle ne voulait surtout pas être avec moi de peur « que je la touche ». J'ai eu envie de lui péter une jambe mais je n'ai rien fait. J'ai juste quitté le cours, au risque de me prendre une retenue.

En étant une fille et en aimant les filles, il n'était

28 — Même si, physiquement, J'EN AVAIS VU D'AUTRES.

pas possible d'exister en tant que *personne*. Un peu comme les femmes sans enfant, les lesbiennes ne sont pas considérées comme des êtres accomplis et épanouis : il y a « tellement de choses qu'elles ne peuvent pas comprendre ». Une lesbienne l'est forcément par ignorance, « parce qu'elle ne sait pas ce qu'elle rate ».

Et moi, je voulais comprendre. Je voulais aimer ça. Je voulais avoir envie des hommes. Sentir le bas de mon ventre brûler en les imaginant entre mes cuisses. Mais je n'y parvenais jamais, même avec Nour. Plusieurs filles m'avaient attirée. J'avais aimé leurs yeux, leur corps. J'avais eu envie d'embrasser leurs épaules, leur cou. De leur plaire. De leur mordre les lèvres. De les faire jouir. J'avais beaucoup d'envies, mais jamais des hommes. Et il fallait que ça change.

J'avais donc tout préparé, tel un petit Michael Scofield[29] du cul. Avant cette fameuse soirée dans les bois, j'avais glissé un préservatif dans mon sac et demandé à Olivier si je pouvais dormir dans sa tente. Une fois sur place, j'avais bu énormément, tant par ennui qu'en prévision du mauvais moment à passer. Tout ça allait en valoir la peine. J'étais persuadée que, si je me forçais un peu, j'allais finir par apprécier

29 — Wesh, mon éditeur insiste pour que j'explique que c'est le mec de *Prison Break* qui s'est fait tatouer le plan de la prison pour faire échapper son frère. MAIS TU VOIS, THOMAS, C'EST NETTEMENT MOINS MARRANT QUAND ON EXPLIQUE LA BLAGUE.

et oublier mon désir pour les femmes. Il fallait juste faire un premier pas.

Je m'en voulais un peu d'instrumentaliser Olivier comme ça mais j'ai déculpabilisé assez vite en me disant que :

1) Ça faisait longtemps qu'il me courait après ;

2) C'était un garçon tellement gentil qu'il n'allait sûrement pas refuser de m'aider dans mon opération secrète (nom de code : « Enlever mon opercule ») ;

3) Eh, oh, il va pas se plaindre de ken, le boug.

Après un dernier « Wonderwall » à la guitare au coin du feu (ils ne sont pas restés mes amis très longtemps après ça), les autres ont rejoint leur tente et j'ai suivi Olivier dans la sienne. J'étais assez dégrisée pour savoir ce que je faisais, mais encore suffisamment ivre pour penser que c'était une bonne idée.

Une fois en sous-vêtements et enroulés dans nos sacs de couchage respectifs, on a entamé le rapprochement typique des jeunes puceaux terrifiés que nous étions. Les visages fatigués se font face et se rapprochent, les bouches finissent par s'effleurer, avant de tenter de s'avaler mutuellement.

J'avais déjà eu quelques flirts gentillets avec des garçons en début de secondaire, mais les rapports physiques s'étaient limités à des tours dans la cour de récré main dans la main, et à d'autres tours, de langue cette fois, dans la bouche : trois dans un sens et trois dans l'autre. Et de toutes ces expériences, je ne gardais qu'une question : pourquoi les garçons veulent-ils toujours vous dévorer la glotte[30] ?

Il n'y a que les baisers des filles qui m'avaient plu. Ils étaient doux et pudiques. Passionnés mais réservés. Tout l'inverse de ce qu'on était en train de faire avec Olivier, qui avait transformé ma bouche en machine à laver. *Inch'Allah*, c'était un cycle court.

Pressée qu'on en vienne au fait (et donc qu'on en finisse), j'ai descendu la tirette de son sac de couchage et du mien. J'ai posé sa main gauche sur ma poitrine avant de descendre mes doigts sur son caleçon. Je n'osai pas les passer sous le tissu.

J'ai demandé hasardeusement :

– Tu l'as déjà fait ?

– Oui, une fois, et toi ?

– Oui, oui ! j'ai menti.

La suite de nos ébats fut courte et triste. La maladresse combinée au manque d'amour et de réelle envie a fait qu'on ne s'est quasiment pas touchés. Ça m'allait très bien. Je ne voulais pas sentir son sexe entre mes mains ou ses doigts sales à l'intérieur de moi[31-32].

30 — Concrètement, c'est plutôt la luette (on confond souvent les deux), mais le mot « glotte » est beaucoup plus rigolo : glotte, glotte, glotte.

31 — On ne le dira jamais assez mais : lavez-vous les mains avant de doigter vos gonz'. Parce qu'après c'est pas vous qui devez carburer au jus de cranberry pour guérir la cystite et arrêter de pisser du feu.

32 — Voilà maintenant j'envisage de proposer le slogan « Je lave mes mains avant de lui faire du bien » au ministère de la Santé et de m'en faire un t-shirt.

Il s'est donc directement mis sur moi après avoir enfilé le préservatif (et après que je lui ai évidemment demandé s'il avait « bien pincé le bout avant de le mettre », j'avais lu dans les pages « Sexo » du magazine *Biba* que c'était important).

Puis la volonté m'a doucement abandonnée. En panique, j'ai prié silencieusement pour que quelque chose nous interrompe. Qu'est-ce que j'étais en train de foutre, putain ? Je ne considérais pas ce moment comme la perte de ma virginité – ni physique ni psychologique – mais je me rendais enfin compte que rien ne justifie d'écarter les cuisses sous un homme dont on n'a pas envie. Regrets. Angoisse. Puis surprise et soulagement.

Je ne crois en rien de divin mais pendant longtemps la suite des événements m'a semblé relever du miracle. À quelques secondes d'entrer en moi, Olivier a eu l'air gêné. Quelques mouvements de poignet, un silence. « Je ne sais pas ce qui m'arrive. C'est pas du tout par rapport à toi ou quoi, j'ai hyper envie de toi, mais ça ne fonctionne pas trop. » Son sexe était flasque. Inerte. Comme un petit boudin mou que le boucher tapote sur son plan de travail avant d'en couper un morceau.

Oli a tenté de relancer la machine avec un « Tu ne veux pas m'aider avec ta bouche ? » (que j'ai décliné d'un simple « *nope* ») mais rien n'aurait pu me convaincre d'ignorer la sortie de secours qui était apparue devant moi. Fin des ébats, terminé bonsoir.

Sur le moment, je n'avais pas compris ce qui

avait pu le stopper dans son élan. C'est seulement quelques années plus tard que j'ai compris (avec dégoût et amusement) que c'était sûrement l'odeur du vomi incrustée sur ma peau qui l'avait fait débander. Une odeur que j'avais moi-même remarquée, mais qu'en bonne meuf éclatée par l'alcool j'avais choisi d'ignorer en me disant que j'étais sûrement la seule à la sentir. Vraiment pas. Olivier était juste trop poli et en chien pour me faire remarquer que je puais la gerbe au point de faire débander un puceau. Quelle victoire. Quoi qu'il arrive dans ma vie par la suite, qui que je devienne, quoi que j'accomplisse, je resterai avant tout : un fier petit goret.

Gênés (mais très reconnaissante, pour ma part), on s'est endormis. Le lendemain, j'ai enroulé le préservatif vide dans un mouchoir, que j'ai jeté à la gare en rentrant chez moi.

J'ai mis du temps avant de comprendre la violence de cette soirée. Aimer et désirer des femmes n'était pas un problème pour moi, mais les autres m'en avaient rendue honteuse. Parfois, la culpabilité était provoquée par les personnes mêmes que je fréquentais, et qui n'étaient pas prêtes à assumer notre relation : j'étais une telle honte que je ne méritais pas d'être affichée.

Par la suite, j'ai couché avec quelques garçons (en ayant envie d'eux, cette fois) mais j'ai surtout désiré des filles. Et ce soir, dix ans pile après cet épisode avec Olivier et sa bite molle, Sarah est devant ma porte.

C'est mon premier *date* depuis un bout de temps. Après le travail, j'ai passé une heure trente dans la salle de bains. Me voilà exfoliée de partout et douce comme un savon. Par contre, j'ai fait la connerie de m'épiler la moustache. À une heure de l'arrivée de Sarah, je me suis retrouvée avec le dessus de la lèvre rouge comme un cul de babouin. J'ai tenté de limiter la casse en appliquant un sachet de petits pois surgelés dont le seul effet fut de m'ôter toute sensibilité au visage et de me faire puer le légume. Je me déteste.

J'aimerais vous dire que c'est mon erreur la plus idiote de la soirée, mais ce n'est que la première d'une longue série, qui m'a permis d'apprendre une des règles fondamentales de la vie : un premier *date* doit TOUJOURS (TOUJOURS[33]) avoir lieu dans

33 — TOUJOURS !!!

un endroit neutre. Précisément pour éviter ce qu'il m'est arrivé quand je l'ai invitée à venir prendre un verre chez moi.

À 20 heures, Sarah sonne à ma porte. Mon enthousiasme est encore intact, je danse presque jusqu'au hall d'entrée pour l'accueillir, mais à la seconde où je lui ouvre, j'ai envie qu'elle parte. Et je ne dis pas ça dans le sens : « Oh non, elle ne ressemble pas aux photos, *no way* qu'on baise, donc quel intérêt de se voir ? », pas du tout. Elle est plutôt mignonne et, de toute façon, j'aime bien l'idée de rencontrer de nouvelles personnes chouettes sans que ça implique quoi que ce soit d'amoureux ou sexuel. C'est pas comme si je croulais sous les amis.

Mais au moment où nos regards se croisent, je comprends instantanément que le courant ne passera pas : parce qu'on a beaucoup trop l'air d'être *la même personne*. Je vous jure : LA MÊME. Ce *date*, c'est du narcissisme. Et surtout, ça n'a aucun intérêt, pour deux personnes si semblables, de se fréquenter. C'est comme rapprocher deux allumettes : ça ne fera jamais qu'une seule flamme.

Elle me regarde, sourire gêné. La lèvre inférieure retroussée et les sourcils relevés, qui disent : « *Heyyyy*, je sais pas quoi faire, je suis un peu mal à l'aise. » Sa main droite se met à caresser le haut de son bras gauche, ne sachant pas quoi faire d'autre. Elle me lance un timide :

– Salut !

Je reste immobile face à elle plusieurs secondes.

J'espère qu'elle ne le prend pas mal, mais vu la suite de la soirée, probablement pas.

– Je peux entrer ?

– Oui, pardon, désolée ! Viens.

Je m'écarte pour la laisser entrer. Elle regarde autour d'elle. Les posters de *Donnie Darko* et du *Truman Show* la font sourire.

Elle s'assied. On s'ouvre des bières. Faute de sous-verres, je pose ma bouteille humide sur la lettre de Nour, qui trône sur la table basse de mon salon depuis plus d'un mois. J'ai de temps en temps lorgné sur ses larges majuscules, mais le plus souvent, j'ai fait comme si elle n'existait pas. Risquer de l'abîmer est une façon de me convaincre moi-même que, de toute façon, j'ai laissé tomber toute cette histoire.

Sarah me parle de son métier, j'explique le mien, mais tout m'ennuie. On commande des sushis. Je mets trois plombes à choisir quoi manger pour ne pas devoir trouver de nouveaux sujets de conversation.

Notre discussion tourne en rond tellement vite qu'on pourrait alimenter tout le pays en électricité. Au point, d'ailleurs, qu'au bout de dix minutes on parle de la litière de mon chat, planquée (assez intelligemment, j'avoue) dans un meuble Ikea où j'ai scié une petite entrée. Visiblement, elle adore l'idée.

– Ah, c'est tellement pratique ! Au moins, ça sent pas quand il fait popo.

Mon cerveau se désintègre. J'ai envie de crever. « POPO ». « QUAND IL FAIT POPO. » Qui, sur cette foutue planète, utilise le mot « popo » à presque

30 ans ? J'ai déjà tellement envie qu'elle parte que je me mets à tout détester d'elle, y compris les mots qu'elle utilise.

Cinq minutes plus tard, on finit enfin par parler d'autre chose que de la merde de mon chat. Elle me raconte certains de ses *dates* précédents, sans grand intérêt jusqu'à ce qu'elle termine une anecdote par :

– J'étais chez une fille, mais il était 21 heures passées et il n'y avait plus de train pour rentrer chez moi. Donc j'ai dû dormir là-bas.

Ha ha. *What*. Heureusement qu'elle me prévient. Au moins, maintenant, je sais que je dois m'arranger pour qu'elle parte avant 21 heures. Je regarde ma montre. 20 h 40 et les sushis ne sont pas encore là. Putain de merde. C'est mort.

Quinze minutes plus tard, le livreur arrive. On mange en parlant de cinéma, de séries, de livres que j'aime, et pourtant rien ne m'intéresse. J'ai l'impression d'avoir déjà entendu tout ce qu'elle dit. Je me concentre sur la nourriture pour ne pas avoir à bavarder davantage. Je m'en veux vachement parce que, concrètement, cette fille est super. Mais j'ai surestimé ma batterie sociale, qui se retrouve déjà à plat.

J'ai tellement besoin d'être seule que je ne vois en elle qu'une intruse dans ma zone de confort. J'ai besoin qu'elle parte, et pourtant, je ne le lui dis pas. J'ai tellement eu peur moi-même d'être rejetée, de ne pas être *assez*, que si je lui demande de partir, je ferai partie des bourreaux plutôt que des victimes (les mots sont forts mais vous captez l'idée).

Et sincèrement, je pense qu'elle se dit la même chose. Elle doit se faire profondément chier, à ceci près qu'elle fait l'effort de meubler quand je me contente de m'enfoncer dans le canapé. C'est évident que cette conversation ne mène nulle part. Et pourtant, on fait toutes les deux semblant.

Souvent, les filles sont trop polies pour dire non et partir d'un *date* avec un garçon : elles ont l'impression qu'elles « doivent » quelque chose, que le simple fait d'être venues jusqu'ici représente déjà trop d'investissement pour faire demi-tour. Alors imaginez deux filles ensemble. On devait ressembler à deux Suisses qui s'excusent mutuellement de s'être bousculés, alors qu'aucun des deux n'est responsable.

Le temps passe. Je ne rêve que d'une chose : être toute seule et me foutre au lit pour regarder un film. Franchement, même mater un film français, ça serait mieux que d'être coincée avec elle. Elle continue de me raconter mille choses. Son travail, sa famille, ses vacances. Je la regarde fixement tandis qu'un singe fait des cymbales dans ma tête. Elle se met à me poser des questions. *Damn*. Je préférais encore quand elle monologuait.

Minuit quarante. MINUIT FUCKING QUARANTE. Je n'ose toujours pas lui demander de partir. Plus l'heure avance, plus je bâille bruyamment pour qu'elle propose elle-même de me laisser (je suis une merde). Je bâille deux fois. Trois fois. Quatre fois.

– Bon, je pense que tu es fatiguée.

Enfin, putain.

– Oui, je commence à être claquée, désolée.

Et franchement, désolée, je le suis. Elle me regarde

avec un sourire gêné, encore lui. C'est le moment ou jamais. Je me lance :

– Bon ? Heu… Je t'appelle un taxi ?

Tout aurait dû rentrer dans l'ordre avec cette phrase. Ça aurait dû marquer la fin de la soirée et *ciao, see you never*. MAIS NON. PARCE QUE JE SUIS POLIE[34]. Et que je sais trop bien que prendre un taxi à Bruxelles, passé minuit, ça peut être flippant pour une fille seule. J'ajoute donc, comme une énorme conne :

– … Ou bien tu veux dormir ici ?

Au moment même où je prononce ces mots, je les regrette déjà. Je n'ai même pas le temps de m'insulter moi-même qu'elle me répond :

– Oui, je veux bien.

Énorme seum, qui ne fait que s'amplifier quand, une seconde plus tard, je réalise que mon deuxième jeu de draps de lit est dans le bac de linge sale. Je lui dis.

– Alors par contre j'ai plus de draps pour mettre dans le canapé…

Elle va donc devoir dormir dans le fauteuil avec un simple plaid pas très chaud. Histoire de m'en dédouaner, j'ajoute :

– Sauf si, du coup, tu préfères dormir dans mon lit ?

C'est évidemment de la pure politesse, à aucun

34 — ET FAIBLE.

moment je n'imagine qu'elle puisse accepter. Et pourtant, elle enchaîne illico :

– Ah bah, oui, dans ton lit.

Pardon ????? MAIS QU'EST-CE QUI NE VA PAS CHEZ ELLE ?!! Je freeze pendant quelques secondes.

J'ai le sourire niais des gens qui viennent de mourir à l'intérieur. Je me déteste. Je me hais du plus profond de mon être.

Je vais pisser pour réfléchir.

Assise sur la cuvette, je me concerte. Il faut que je reprenne le dessus sur ma propre connerie. Que j'apprenne à communiquer, à poser des limites et à écouter ce dont *moi* j'ai envie, en abandonnant la courtoisie excessive. Actuellement, mon rêve le plus cher n'est pas la paix dans le monde ou voyager dans le passé pour tuer Hitler, mais juste : qu'elle dorme dans son putain de lit à elle.

Je sors des toilettes et réalise qu'elle est dans la salle de bains. EN TRAIN DE SE BROSSER LES DENTS. Qui va à un premier *date* avec sa trousse de toilette ? Peut-être qu'elle pense encore qu'on va coucher ensemble en fait, oh mon dieu, bordel de merde.

OK, je me concentre.

Je dois faire abstraction du fait que c'est une putain de psychopathe et revenir à mon objectif : faire comme si elle n'était pas là, et lire sans avoir à lui parler. OK, lezgo. Opération tranquillité. Mi-décidée, mi-agacée, je passe la tête par la porte de la salle de bains et lui demande :

– Tu veux un livre ?

Le poignet qui tient la brosse à dents dans sa bouche se fige. Elle est interloquée.

– ... Un livre ? ... Pourquoi ?

– Ben, pour lire. Avant de dormir.

Bingo. Je pense qu'elle comprend[35]. Elle accepte et va faire le tour de ma bibliothèque. Elle choisit un numéro de *L'Obs* avec Céline Sciamma en couverture et s'allonge à côté de moi. On lit pendant une petite demi-heure sans se parler, puis j'éteins la lumière et prends bien soin de me tenir très loin d'elle pour ne pas risquer d'avoir l'air de tenter un rapprochement. On finit par s'endormir.

Voilà. C'est comme ça que je me retrouve ce matin avec une fille dans mon lit sans avoir rien demandé. En ouvrant les yeux, je redoute qu'elle ait passé la nuit à me regarder dormir, mais non. Je coupe mon réveil, elle s'étire. Je lui dis qu'aujourd'hui je dois travailler au bureau et que j'ai vingt minutes pour filer. Je prends une douche rapide pendant qu'elle parcourt à nouveau la bibliothèque.

Je suis épuisée et j'ai toujours envie d'être seule. J'ai presque hâte d'être au boulot pour n'avoir personne à qui parler. Elle me suit dans le hall, je claque la porte derrière nous. À mesure que cette histoire se termine, je commence à m'apaiser. Je lui lance un cordial :

– Bon, ben, au revoir, au plaisir !

35 — Le franc a mis tellement de temps à tomber qu'on a eu le temps de passer à l'euro.

Elle reste immobile, ne répond pas. Je lui demande :

– Ça va ?

Retour du sourire gêné.

– C'est juste que je comptais t'embrasser.

EUH, PARDON ?!!! righeiufjehfjzgdjzeyfozeufoiy gfuehrgerghiehf.

Je débloque. Littéralement, je débloque. La fatigue et la surprise font tomber tous mes filtres de bienveillance. Je laisse échapper un horrible :

– *What the fuck*, non, c'est beaucoup trop bizarre.

Et je pars sans me retourner. Je suis une énorme merde, mais tant pis.

Sur la route, j'alterne entre des chansons de metal et des méditations Petit Bambou. Aucune ne me calme.

Cette histoire me bute. Je la trouve à la fois horrible et hilarante. Ça me rappelle un peu la fois où mon chat a chié (« A FAIT POPO ») dans la corbeille à fruits[36] : c'était très désagréable sur le moment, mais je savais que ça donnerait une histoire marrante à raconter.

36 — J'hésite à couper le chapitre ici sans donner d'explication parce que, franchement, je trouve ça marrant.

Heureusement que j'étais dans un bon jour, sinon cette soirée m'aurait déglingué le moral. J'avais clairement abusé en faisant des plans sur la comète pour elle et moi (à savoir : que c'était la femme de ma vie ou au minimum ma future meilleure amie), mais c'était tout de même déprimant de voir que, malgré trois milliards de points communs, on n'avait pas réussi à échanger quoi que ce soit d'intéressant. Ça me renvoyait à cet éternel constat : je me sens seule et je n'arrive à me lier aux gens que dans ma tête, à l'image que je me fais d'eux, plutôt qu'à ce qu'ils sont en réalité. C'est une des raisons pour lesquelles, en dépit des relances de Max, je n'ai pas appelé le numéro de Youssef ou rouvert mon document « Enquête » depuis notre soirée, il y a plus d'un mois.

Je pense qu'une part de moi a envie de retrouver Nour, de passer des nuits entières à lui parler comme on en avait l'habitude ; ou, s'il m'a menti sur toute la ligne, de lui demander pourquoi et comment il m'a bernée.

Mais il existe une autre part de moi, plus importante encore, terrorisée à l'idée de confronter ses souvenirs à la réalité. Ce que j'aime chez lui, ce n'est pas ce qu'il *fut*, mais ce qu'il a représenté. Pourquoi prendre le risque de gâcher un idéal en le confrontant à la réalité alors que ça pourrait rester un souvenir immaculé ?

J'ai la trouille, aussi, de tirer un trait sur l'infini des possibles. Pour l'instant, je peux me dire qu'il existe, quelque part : peut-être qu'un jour on se retrouvera et on se dira : « Tiens, c'était quand même vachement de la merde la vie, et pourtant on a réussi à se rendre un peu plus heureux. » Peut-être qu'il est devenu artiste, qu'il écoute toujours de la folk, qu'il embrasse son amour sur le front chaque matin. Mais si je le cherche – ou pire, si je le trouve – cette histoire n'aura plus qu'une seule issue possible : la réalité. Or, je ne suis pas sûre d'être prête à apprendre que Nour est mort, en prison, ou pire : macroniste.

J'ai toujours aimé la fiction. J'ai dû passer des heures à lire, à regarder des séries, à greffer les héros à ma vie comme s'ils étaient des amis plutôt que des personnages inventés. J'ai passé des semaines, des mois, obsédée par Effy Stonem, Debra Morgan, Hermione Granger, Fleabag, Eve Polastri, Alex Rider, Holden Caulfield, Rue Bennett, Molly Moon…

à me sentir en deuil quand je terminais un livre ou une série et que je devais les quitter.

Ces histoires m'ont très souvent rendue triste, tant elles étaient éloignées de la vie réelle. Beaucoup se plaignent des modèles amoureux invraisemblables qu'offrent les romans et les films, mais je trouve qu'ils donnent surtout des attentes folles en matière de cerveau : les personnages de fiction sont plus intéressants que les vraies gens, et trois phrases d'un film sont plus inspirantes qu'une semaine entière de conversation avec le commun des mortels.

J'ai beau savoir que c'est logique, que les dialogues de fiction ont été écrits en plusieurs mois par une équipe entière de scénaristes et qu'en une heure trente, on ne nous a donné que le meilleur de la vie des protagonistes, je suis quand même déçue que notre quotidien, sans montage, soit nettement plus ennuyeux. La fiction, c'est comme une compilation des meilleurs buts de Lionel Messi au Barça alors que la vie, c'est l'intégralité de sa première saison au PSG : vraiment très oubliable.

Je n'ai jamais su gérer ces attentes relationnelles. Il n'y a que les gens qui n'existent pas qui ne déçoivent jamais. D'ailleurs, mes plus belles histoires d'amour ou d'amitié, je les ai passées dans ma tête. J'ai même eu des relations avec des gens morts[37]. Je me suis souvent imaginé avoir des conversations avec des artistes décédés, comme Jim Morrison, avec qui

37 — Phrase qu'on entend généralement dans le cadre d'un procès.

je pensais avoir une connexion spirituelle quand j'étais ado.

Les pauvres. Si l'au-delà existe, il doit y avoir un paquet de macchabées qui me détestent. Quand j'arriverai là-bas, je devrai gérer douze plaintes pour harcèlement. Jim Morrison est peut-être en ce moment même chez son psy (j'imagine que c'est Freud, parce que c'est le seul psy mort que je connaisse), à lui dire qu'il n'en peut plus qu'une gamine l'appelle tous les jours pour lui parler de ses émotions qui sont comme de la soupe verte. Ce à quoi Freud doit probablement répondre : « Vous avez pensé à baiser votre mère ? »

J'ai lu un essai il n'y a pas longtemps : *Je suis une fille sans histoire*, d'Alice Zeniter. Elle y explique qu'on attend des histoires qu'elles mettent en scène des héros. Des personnages qui sortent de l'ordinaire, qui ont des objectifs incroyables et qui ont tous une *spécificité*. Une personnalité, pas toujours forte, mais au moins reconnaissable.

Dans la fiction, les protagonistes ont des ambitions, des rêves. On suit des surhommes, des génies, des artistes qui s'ignorent. Personne ne veut entendre l'histoire d'un mauvais auteur qui s'acharne à croire en lui, avec plus de bonne volonté que de talent. Des personnes comme ça, on en a déjà trop autour de nous. Comme ces potes musiciens qui veulent TOUJOURS te rappeler qu'ils le sont, et jouer leurs chansons, en se prenant pour le nouveau Pharrell Williams. *Good lord*, je déteste les musiciens. Une guitare ça devrait être comme une bite, tu la sors que si on te le demande.

En somme, ce qu'explique Alice Zeniter, c'est que dans la fiction apparaît rarement la platitude du quotidien. Les histoires des gens qui n'en ont pas. La vie de ceux qui s'en foutent d'accomplir de grandes choses.

Quand j'entends des inconnus parler, j'ai souvent cette horrible pensée : « Leur vie, c'est seulement ça ? » Ça me déprime, je vous jure. La mienne n'est pas plus excitante, c'est sûr. Mais à force de se sentir unique, le vide nous marque beaucoup plus chez les autres.

On est samedi mais ma journée a la gueule d'un dimanche[38]. Je suis affalée dans le canapé. Flemme de regarder un film. J'écoute du Sufjan Stevens et je traîne sur Internet.

Mes yeux se posent sur la lettre de Nour, qui n'a toujours pas bougé de la table. Elle porte désormais la trace de la bouteille de bière que j'ai posée dessus quelques jours plus tôt. Je me retrouve à taper une fois encore son nom dans la barre de recherche Google. Depuis ce rendez-vous foireux avec Sarah, j'ai beaucoup repensé à lui.

Je passe inlassablement en revue les résultats que nous avions déjà parcourus, Maxime et moi, et finis par me lever pour aller chercher le paquet de lettres

38 — Mais en même temps, vu qu'on est début août, tous les jours ressemblent à des dimanches.

que j'avais écrites sans jamais les envoyer. Une cinquantaine d'enveloppes brunes, qui n'ont pas été ouvertes en dix ans. Parmi elles, dix sont adressées à Nour.

J'ouvre la première. Très vite, la deuxième, la troisième. Et je ris, bordel, qu'est-ce que je ris. Extraits choisis (avec soin et beaucoup de honte) :

27 juillet 2009
Ton message de ce matin m'a fait un de ces effets ! Wahou <3. J'adore quand tu mets des petits cœurs à la fin même si je sais qu'ils ne signifient rien. D'un côté, heureusement, ce serait insupportable qu'on s'apprécie un peu plus qu'amicalement.

J'ai envie de me mettre des petites claques derrière la tête. Même dans des lettres qui n'étaient pas destinées à être envoyées, je n'osais pas dire les choses sincèrement, je me contentais de les suggérer avec une lourdeur sans bornes.

13 août 2009
ON VA SE MARIER. ET ON INVITERA LE CHANTEUR DE GREEN DAY. MÊME SI T'ES UN PEU JALOUX. MAIS T'AURAS PAS À L'ÊTRE PARCE QUE TU ES MILLE FOIS MIEUX QUE LUI. PARCE QUE TOI, JE T'AIME <3.

Ah oui, en quinze jours on passe de « on est amis » à « on va se marier ». En matière de rapidité, on est pire que des lesbiennes.

14 août 2009

Mais tu sais, quand tu m'as dit que tu n'avais aucune attache à Montpellier et que, pour une fille, tu irais n'importe où, vu que tu diriges ta vie toi-même, j'ai cru pendant un instant que c'était pour moi. Je suis stupide, hein.

Attends, donc on n'a plus prévu de se marier ? Que de rebondissements. Je m'ouvre une bière et je replonge dans ma lecture. Chaque lettre dégouline de sentiments maladroits et étouffants. J'étais un petit cas social en puissance. Et honnêtement, j'ai du mal à regarder cette version plus jeune de moi avec tendresse tellement je la trouve faible.

Je sais que je ne dois pas juger ce que j'étais à 15 ans avec mon cerveau d'adulte, mais je ne peux pas m'empêcher de le faire. On dirait que chaque ligne hurle : « J'ai besoin d'être aimée ! », et ça me rend dingue[39]. Peut-être que c'est propre à l'adolescence. On se sent tellement peu écouté qu'on est tenté de tout dire avec extravagance.

De toute façon, pas le temps de se poser de question puisque, dans la lettre suivante, on atteint des

39 — Je suis plus ou moins sûre que, dans deux mois, je penserai pareil de ce bouquin. Mais tmtc.

sommets de *drama*. En bref, il m'aurait dit qu'il m'aimait. Ce à quoi je lui réponds qu'on est fous, qu'on ne devrait pas s'aimer, blablabla. Et à la fin de cette lettre, sortez les violons :

> *27 août 2009*
> *J'ai surtout peur de prendre une trop grande importance pour toi et de te décevoir. Tu n'as pas besoin d'une déception de plus dans ta vie. Tes yeux en ont déjà trop vu...*

« TES YEUX EN ONT DÉJÀ TROP VU. » Je meurs. J'ai l'impression d'être dans une fanfiction de *Twilight* écrite par Marc Levy puis adaptée par TF1.

Tout ce que je lis est tellement éloigné de mes souvenirs. Je me rappelle ma relation avec Nour comme quelque chose de sain et équilibré, avec beaucoup de recul. Donc forcément, ça me surprend de voir que j'aie pu être une vraie kikou et surtout de me rendre compte qu'il n'avait pas l'air de partager ma fougue. Mes lettres (même si elles n'étaient pas destinées à être envoyées) sont aux antipodes de la sienne, sobre et mesurée. Peut-être qu'il a disparu de ma vie sans laisser de traces parce que j'étais trop intense. *Sorry guys*, j'aimerais être la protagoniste un peu mystérieuse, mais mon besoin d'amour et d'attention était si grand que, dès qu'on m'en donnait, j'étais hors de contrôle. Je ne serais pas étonnée de découvrir que Nour existe bien, mais qu'une main courante m'empêche de l'approcher.

En relisant ces cinq premières lettres, je réalise à quel point l'*absolu* de l'adolescence me manque. À quel point je m'en fichais de parler comme une imbécile, si c'était pour décrire des sentiments puissants et des envies viscérales. Des choses trop fortes pour être exprimées de manière rationnelle.

Aujourd'hui, j'ai l'impression de ne plus rien ressentir d'aussi vif. Au mieux, j'éprouve parfois une grande sensation diffuse et impalpable de joie ou de tristesse. C'est moins pointu, moins strident. Je suis en permanence le cul entre deux chaises, à la fois envieuse des gens sensibles et terrorisée à la moindre émotion.

Dans le doute, je pense que mon côté rationnel a décidé de prendre le contrôle. Qu'il me murmure, comme si chaque instant était un dimanche matin : « Repose-toi, je m'occupe de tout », avant de m'apporter le petit déjeuner au lit. Peut-être qu'en grandissant, on redoute tellement d'avoir mal qu'on rejette toute forme d'exaltation pour être sûre de ne jamais se laisser envahir.

Mais là, en relisant mes propres lettres, je me dis pour la première fois que j'ai peut-être eu tort. Aujourd'hui, la fougue me manque. L'amour me manque. Manquer de quelqu'un me manque. J'ouvre mon document « Enquête ».

Peut-être que Nour n'a jamais existé. Peut-être qu'il m'a menti sur certains points, importants ou non. Mais peut-être pas. Peut-être que cette amitié a été aussi pure que dans mes souvenirs. Et s'il reste une chance sur cent qu'elle puisse exister à nouveau, que je puisse ressentir ne serait-ce qu'un peu de ces émotions qui me dévoraient à l'époque, je suis prête à prendre le risque de m'en mordre les doigts.

J'attrape mon téléphone et compose le numéro de Youssef Alaoui, qu'on avait trouvé, avec Max. Je n'ai même pas le temps de stresser, une voix m'annonce que le numéro n'est plus attribué.

Fuck. Je vais devoir trouver d'autres pistes.

Pour la millième fois, je prends donc mon ordinateur et tape « Nour Marco Alaoui Saussan ».

Les portes de l'enfer s'ouvrent devant moi puisque je me retrouve à parcourir des dizaines de profils Copains d'avant pour y lire : « Coucou à tous, aujourd'hui je suis mariée, on a 2 petits bouts : Kilyane et Steevie, qui remplissent notre cœur de bonheur !!! Avis à ceux qui me reconnaîtront, ça ferait plaisir d'avoir des nouvelles et de reprendre contact comme au bon vieux temps !! »

Good lord. Ça va être long.

Après une grosse demi-heure de recherche, je tombe sur un article du *Midi libre*, journal local de l'Hérault, « Bagarre familiale au nunchaku » :

> *Le tribunal correctionnel de Montpellier a condamné hier matin Walid Alaoui, 32 ans, à cinq mois de prison ferme, et les frères Sofiane et Ahmed Achour à cinq mois avec sursis pour une bagarre familiale qui remonte au 14 juillet dernier.*

Le prénom ne correspond pas, ce n'est pas lui. Mais cet article me pousse à prendre un carnet et à noter toutes les issues possibles à cette histoire. Quitte à être déçue, autant s'y préparer : qui pourrait bien être Nour Alaoui ?

Un sensible

Nour était en réalité Youssef, un homme de 42 ans. Il travaillait dans le bâtiment, ce milieu de bonshommes qui ont des muscles à force de porter des choses lourdes. D'ailleurs, souvent, il tentait d'impressionner des collègues en soulevant trois seaux de béton à la fois. VRAI HOMME A BEAUCOUP MUSCLES. Dans leur entrepôt, ils avaient même un calendrier avec des femmes nues. PARCE QUE VRAI HOMME AIME FEMMES NUES (RAPPORT AU SEXE).

Mais quand il rentrait chez lui, Youssef écoutait des chansons folk de gens qui souffrent et se connectait sur MSN sous le nom de « Nour » pour parler à de jeunes ados qui comprenaient sa sensibilité.

Un emo

Nour était en réalité Kevin, un adolescent de mon âge qui avait pour seul ami un escargot (mort). Après les cours, il rentrait chez lui pour écouter My Chemical Romance et regarder du *hentai*[40]. Il se faisait passer pour un autre sur Internet dans l'espoir de plaire aux filles (dans la vraie vie, elles se moquaient de son pendentif en forme d'épée et de sa collection de figurines Warhammer).

40 — Mon éditeur Thomas m'a conseillé d'expliquer ce qu'est le *hentai* mais c'est plus rigolo si vous cherchez vous-même sur Google.

Un surpris

Nour était en réalité un gars avec qui j'étais au collège. Un soir, il a voulu se foutre de moi, avec ses potes. Ils ont créé une adresse MSN et un Skyblog au profil vaguement crédible et ont lancé une discussion. Une fois ses amis partis, il a continué à me parler, juste pour rire, puis a fini par me trouver plutôt chouette. Il s'est donc retrouvé embourbé dans ses mensonges. Pour ne pas me faire de mal, il n'a jamais rien avoué et a fini par supprimer toute trace de notre relation.

Un écolo

Nour était bien Nour. Certains détails de ses histoires étaient difficiles à croire parce que sa vie était réellement compliquée, mais tout ce qu'il m'a raconté était vrai. Tous ces moments difficiles l'ont finalement amené à développer une sensibilité particulière. Il a supprimé tous ses comptes sur Internet et vit désormais dans un habitat groupé qui se contente d'un Nokia 3310 collectif pour contacter le monde extérieur. Nour a d'abord aidé la communauté en fabriquant du fond de teint bio à base de tartre, mais a depuis été nommé responsable aquaponie. Il considère aujourd'hui ses poissons comme des enfants de Dieu.

Un fantasme

Je me sentais tellement seule que j'ai inventé toute cette histoire. J'avais moi-même créé une adresse

MSN, imaginé une identité qui me plaisait et je discutais seule en répondant à mes propres messages, racontant ce que j'aurais voulu qu'on me dise. J'avais même été jusqu'à engager quelqu'un sur un forum pour qu'il m'envoie une lettre de Montpellier, comme si on se connaissait.

Un insaisissable

L'hypothèse la plus probable : « Youssef Alaoui » est en fait le nouveau pseudonyme de Xavier Dupont de Ligonnès. Les années correspondent. 2009, il commence à se créer une nouvelle identité en ligne – Nour Alaoui – pour s'offrir une seconde vie sur Internet, mais ça ne lui suffit pas : en 2011, il tue toute sa famille, se fait finalement appeler Youssef et devient plâtrier, s'étant découvert une nouvelle passion pour le béton.

Pour éliminer les hypothèses une par une, je ressors les notes que j'avais prises avec Max et tente de trouver des indices dans la lettre de Nour. L'enveloppe, d'abord.

Le timbre est à l'effigie de Titi et Grosminet[41] et se décolle légèrement. L'encre noire a bavé sur mon nom et la fin de mon adresse. Les coins sont curieusement peu cornés, pour un courrier qui a plus de dix ans. Douze, pour être précis, puisque le cachet de la poste indique le 29 septembre 2009. En plus de la date, on y lit le numéro « 21556 ». Je le google.

Code ROC : 21556
Centre de traitement du courrier
MONTPELLIER CENTRE PDC1
34000 MONTPELLIER

41 — Un personnage qui en poursuit un autre, *how ironic*.

C'est déjà rassurant. Si ça avait été posté en Belgique, je pense que j'aurais fait une syncope. Comme dans les films d'horreur, où la baby-sitter s'aperçoit que l'appel téléphonique qui la terrifie est passé depuis l'intérieur de la maison[42].

J'ouvre l'enveloppe et relis sa lettre. Il y fait référence à trois œuvres.

- Le film *Into the Wild*.
- Un livre, *Lettres secrètes*, de Marie-Hélène Delval, qu'il commente : « Il m'a fait pas mal penser à toi. J'y ai lu : "Traversant la ville dans l'espoir de l'apercevoir et de ressentir à nouveau la chaleur de son regard se poser sur moi." »
- Et la chanson « Writing to Reach You » du groupe Travis.

J'ai regardé *Into the Wild* dernièrement. Je n'y vois aucun lien avec nous.

J'achète *Lettres secrètes* en version numérique. C'est un livre pour ados, à partir de 11 ans. Ça me conforte sur son âge. Ou alors c'est encore plus flippant. Peut-être que René, 67 ans, aime les livres pour enfants.

C'est l'histoire d'une gamine de 14 ou 15 ans qui tombe folle amoureuse d'un garçon qui s'appelle Nicolas, le frère de sa meilleure amie.

42 — Ce qui veut dire que quelque part dans la baraque un tueur est accroupi dans un placard en train de chuchoter, ça aide à dédramatiser.

En trente minutes, j'ai parcouru le livre, mais aucune trace de la phrase qu'il a citée. Je viens donc de me taper un bouquin d'ado pour rien. Une soirée bien nulle, mais qui me donne une nouvelle théorie :

Un opportuniste

Nour est en réalité Marie-Hélène Delval, qui tente de relancer sa carrière en envoyant des lettres individuelles à des dizaines de personnes pour qu'elles achètent son livre.

Après ma demi-heure de lecture, je réécoute « Writing to Reach You » de Travis. Cette chanson m'évoque toujours la même douceur. Elle a été écrite par le chanteur du groupe, Fran Healy, alors qu'il venait de se faire larguer par sa copine. Il avait le cœur en miettes et passait son temps à lui écrire des chansons et des lettres, auxquelles elle ne répondait jamais.

Parallèlement, il était en pleine lecture de la correspondance entre Franz Kafka et Felice Bauer (sa meuf). Schéma similaire puisqu'on y trouve seulement les missives de Franz et jamais celles de Felice. En lisant ces lettres, on n'a donc qu'un seul son de cloche pour comprendre leur relation.

À l'époque, je n'étais pas une flèche en langues et Nour vivait en France (c'est suffisant pour déduire qu'il avait un anglais de merde), donc on n'avait probablement pas conscience de la résonance des paroles de cette chanson avec notre relation. Ou peut-être qu'il tentait de me faire comprendre subtilement que cette relation n'allait que dans un sens, parce que tout de son côté n'était que mensonge.

J'envoie un message à Maxime pour lui dire que je reprends enfin les recherches et lui faire part de mes nouvelles hypothèses. Il me répond deux minutes plus tard : « Je pense que tu cherches un peu trop loin. Mais chaud de venir demain pour t'aider à avancer ! » Il a raison.

Au bout de la quinzième écoute de « Writing to Reach You », je me dis que j'ai sûrement fini par voir des indices là où il n'y avait que des hasards. Qui qu'il soit, Nour avait probablement écrit sa lettre par-dessus la jambe. Je dois rester factuelle. La fatigue m'embrume l'esprit. Je m'endors facilement.

Je suis réveillée vers 3 heures du matin par une notification de mon téléphone, qui était resté allumé.

Avec Alexandre, on avait établi une règle : quand un de nous deux sortait et prévoyait de rentrer tard, l'autre laissait son téléphone allumé sur la table de nuit pour rester joignable, au cas où. Et quand celui qui était sorti rentrait à la maison, il mettait lui-même le téléphone de l'autre en mode avion.

Cette nuit-là, quand je me suis mise au lit, j'ai eu ce réflexe : « Je suis seule, donc je dois laisser mon téléphone allumé. »

Ça fait plusieurs mois qu'on s'est séparés, mais c'est seulement aujourd'hui, en activant le mode avion seule dans mon lit, que je comprends que c'est vraiment terminé.

Le lendemain après-midi, Maxime arrive chez moi avec deux gobelets de café. *Latte* pour moi, noir sans sucre pour lui. On discute un peu de son boulot, puis il propose de regarder le fameux documentaire *Catfish*, dont il m'avait parlé au début de l'été.

Trente minutes plus tard, on est posés devant le film en mangeant des spaghettis bolognaise : une de mes passions dans la vie. Quand j'étais enfant, ma mère adorait aussi les pâtes. Quand j'en mangeais à l'école ou chez mes amies, j'en récupérais toujours un peu pour elle, en les mettant dans mes poches.

Je ne fais plus ça aujourd'hui mais je devrais peut-être l'envisager, ça la ferait rire. Quoique. Non, ça la ferait pleurer, en fait. Elle pleure souvent quand je lui rappelle des moments doux.

Il y a quelques mois, je l'ai aidée à faire son lit en me mettant debout sur le matelas pendant qu'elle tenait l'autre morceau de la couette, comme on le faisait quand j'avais 5 ou 6 ans. Elle a fondu en larmes. Du coup, j'ai pleuré aussi. Faire le lit nous a pris quarante-cinq minutes et il était trempé. Émouvant mais très peu efficace.

Maintenant, j'évite d'évoquer des souvenirs avec elle, pour ne pas que nos émotions débordent. Je ne mentionne jamais Solène non plus. Sauf quand j'ai bu et qu'on parle de notre famille un peu éclatée mais rigolote.

L'autre jour, au restaurant, j'avais deux verres dans le nez et je lui ai rappelé la fois où elle avait fait croire à ma sœur qu'elle m'avait aspirée en faisant le ménage. Solène était mi-interloquée mi-inquiète et criait « Allie ?! Allie ?! » en toquant sur l'appareil. On était évidemment en larmes (de rire sur le moment, puis de tristesse en se remémorant la scène).

Après avoir terminé mon assiette, je roule un joint qu'on fume devant la fin du documentaire.

Catfish raconte l'histoire de Nev Schulman, 24 ans, qui tombe amoureux de Megan[43], une jeune femme rencontrée sur Internet, avec qui il vit une relation à distance sans jamais l'avoir rencontrée. Un jour, elle lui envoie une chanson qu'elle a enregistrée et il découvre que c'est une vieille captation d'un concert de country qu'elle a piochée sur YouTube. Il commence donc à se méfier et enquête avec deux

43 — Déjà, ça c'est louche. C'est vraiment un nom à aimer les piercings à l'arcade.

de ses amis, qui l'accompagnent dans le Michigan pour la rencontrer.

Évidemment, si ça s'était bien terminé, ils n'en auraient jamais fait un documentaire : ils finissent par découvrir que Megan n'est pas vraiment Megan, mais une quadragénaire esseulée qui comble son manque affectif en se faisant passer pour une jeune femme dont elle a trouvé des photos sur Internet.

L'histoire a pas mal de points communs avec la mienne : la distance géographique entre les deux protagonistes, le nombre restreint de photos, les zones d'ombre et les excuses pour ne pas s'appeler en activant la webcam.

Nev Schulman aborde aussi un point assez intéressant : régulièrement, les *catfish* laissent traîner des indices sur leur réelle identité parce que, au fond d'eux, ils aimeraient qu'on découvre la vérité et qu'on les aime pour ce qu'ils sont.

Une fois le film terminé, on ouvre une bouteille de vin et on se relance dans des recherches sur tous les réseaux : Facebook, Twitter, Instagram, LinkedIn, Pinterest, Spotify (et franchement, stalker quelqu'un sur Pinterest et Spotify, c'est de l'art).

Cette fois, on prend aussi soin de taper son nom en faisant des fautes de frappe, au cas où. C'est comme ça qu'on est tombés sur le tweet qui allait tout changer.

Le tweet date du 6 juillet 2010. Il est envoyé par le compte @Jane_wgnn.

> @ClaireZebd Nour Marco Alaoui ce sacré numéro

On exulte. Cela ne fait aucun doute, c'est bien à lui que ce tweet fait allusion. Les années correspondent et le second prénom de Nour est le bon. Je clique sur le compte Twitter de l'autrice. Son dernier message date de 2016. *Shit*. Le profil de la personne à qui elle s'adresse a, quant à lui, été supprimé. Double *shit*.

Je lance des recherches avec leurs noms sur Instagram et trouve assez rapidement le compte de ClaireZebd. Une petite brune, comme moi. Plutôt mignonne. Des emojis avion – carte du monde – mer – peinture – bière – pizza en guise de bio. Mais le reste de son profil est privé. Je lui écris.

Salut bonjour,
Ça va être très chelou comme message mais en gros : je suis à la recherche de Nour Alaoui et je pense que vous avez dû être en contact à un moment, parce qu'en recherchant son nom à peu près partout sur Internet, je suis tombée sur le tweet ci-joint. Est-ce que tu sais par hasard ce qu'il devient et/ou comment le contacter ? Merci !

J'avais peur que mon message ne passe inaperçu dans sa boîte de réception, mais une réponse arrive après quelques minutes seulement.

Salut. Ouhla ça faisait des années que j'avais pas pensé à lui ! Malheureusement,
je ne te serai d'aucune aide
parce qu'on s'est perdus de vue vers 2012.
On discutait beaucoup à l'époque
mais à un moment il a arrêté de me répondre et j'ai lâché l'affaire. Par contre si tu finis par le retrouver, ça m'intéresse de savoir ce qu'il devient. À vrai dire, j'avais fini par penser que c'était un catfish, ce gars.

Oh mon dieu, oh mon dieu, oh mon dieu. Je lui réponds en tremblant à moitié.

Oh ! Ça m'intéresse encore plus. Pourquoi tu penses ça ?

Quelques secondes plus tard, je reçois :

Mdr je sens une expérience commune là, non ?

Avec Max, on ne tient plus en place, mais je tente de rester sobre dans mes réponses.

Haha. Honnêtement, je n'en sais rien. On a été très proches (virtuellement uniquement) et j'en garde un très bon souvenir, mais beaucoup de choses sont louches.

Des points de suspension ondulent sur mon écran, elle est en train d'écrire.

On est donc bien sur une expérience commune.
On s'est rencontrés à l'époque de MSN quand j'avais 13 ou 14 ans. On parlait tout le temps. Toute niaise que j'étais, je me croyais amoureuse (et il faisait tout pour, évidemment, puisqu'il me répétait qu'il avait des sentiments pour moi, blablabla). Mais j'habitais Paris et lui vers Montpellier donc on ne pouvait pas se voir. Au bout d'un moment (quelques mois ou une année je sais plus), il a mis un peu de distance entre nous, me sortait des trucs bidons genre « t'as changé, blablabla » puis il m'a comme « larguée » virtuellement.
On s'est perdus de vue puis j'ai essayé de

le retrouver après quelques années mais quand j'ai vu qu'il n'existait à aucun endroit sur Internet, les réseaux et tout (ou alors j'étais juste nulle en recherche je sais pas), je me suis dit que c'était forcément un faux compte qui m'avait bien eue.

On est donc plusieurs.

– Au moins maintenant, on est sûrs que c'était un *catfish*, me dit Max.

En effet. J'ai les yeux dans le vide, je me sens débile de m'être laissé berner, mais je le prends moins mal que prévu. En soi, le message de Claire ne fait que confirmer ce que je pensais déjà. Maintenant, je ne veux qu'une chose : non plus retrouver le Nour que j'ai connu, mais mettre la main sur la personne qui se cachait derrière son compte et comprendre ses motivations.

Max me dit que je devrais proposer d'appeler Claire et parler directement avec elle de cette histoire. L'idée de l'avoir au téléphone me donne envie de me défenestrer mais il a raison.

On peut s'appeler un de ces jours ? Cette histoire m'obsède depuis trop longtemps. Et j'ai des infos hyper contradictoires.

Elle va probablement trouver ça bizarre qu'une inconnue veuille lui téléphoner, mais on n'est plus à ça près. De toute façon, c'est notre seule piste. J'ai besoin qu'elle me raconte tout dans les moindres détails pour tenter de trouver des indices. Elle ne se formalise pas.

> Oui, si tu veux ! Là je suis en vacances,
> mais c'est possible demain. T'as attisé
> ma curiosité haha.

On convient d'un rendez-vous. Max repart. Je tente de m'endormir. Impossible. Je me plonge dans le premier roman d'une journaliste et autrice, brillante et torturée. Pile mon genre de meuf. Trois heures plus tard, j'achève de lire la dernière page du bouquin. Je reste immobile quelques secondes et referme le livre – une histoire d'amour et de haine entre deux adolescentes un peu borderline. Me voilà replongée dans l'état d'esprit malsain et excitant de mon début d'adolescence. Mes premiers désirs maladroits et l'angoisse née avec eux.

Je pose le livre sur ma table de nuit et éteins la lumière. Je glisse mes doigts sous mon pyjama. Je suis déjà trempée.

Ma respiration s'accélère. Le mouvement de ma main est agréable, mais je n'arrive pas à me concentrer à cause de la lumière de la rue. Je hais le proprio d'avoir choisi des rideaux clairs. Je mets le coussin sur mon visage pour être dans l'obscurité totale et tente de penser à quelque chose d'agréable[44]. Au bout de quelques minutes, je suis sur le point de jouir.

J'entends le chat se déplacer dans l'appartement, j'essaie d'en faire abstraction. Il monte sur le lit. Je balaie le matelas avec ma jambe droite pour le chasser, il esquive. Je me concentre sur mes doigts en espérant qu'il décampe vite. Il s'approche de moi, en me fixant probablement comme un vieux pervers puis, dans le plus grand des calmes, s'étale de

44 — Par exemple, les congés payés.

tout son long sur l'oreiller qui recouvre mon visage. Bordel de merde.

C'est potentiellement une tentative d'assassinat à laquelle j'échappe en faisant dépasser ma bouche du coussin pour respirer. Par contre, je me retrouve face au plus grand dilemme de ma vie : enlever le chat qui dort sur mon visage pendant que je me masturbe – quitte à rater mon orgasme – ou prendre le temps de finir ?

Je ne vais pas vous mentir, je me suis terminée.

Trois minutes plus tard, je traverse l'appartement les jambes serrées à la recherche de mouchoirs. Le chat est à mes trousses, fâché d'avoir été dérangé.

Je me réveille à 13 heures et me bénis d'avoir pris de l'avance dans mon taf la veille en programmant mes articles de la journée. Je passe une heure sur un nouveau papier puis, comme convenu, j'appelle Claire.

Elle a une voix douce et un léger accent parisien. Je la remercie de revenir sur cette histoire avant qu'elle ne se lance dans le récit de sa rencontre avec Nour. Elle ne se souvient pas des détails, mais dans les grandes lignes, son histoire ressemble beaucoup à la mienne. Elle raconte :

– C'était à l'époque bénie de MSN où des gens t'ajoutaient sans trop de raisons, parce qu'ils étaient des potes de potes, ou des gens vaguement croisés sur Internet. Je ne sais plus pourquoi ni comment ça s'est fait, avec lui, mais on a commencé à discuter sur MSN et on a fini par échanger nos numéros pour parler par textos. Il jouait un peu le jeu de la séduction, machin. J'étais débile, hein, mais bon, tu vois. Il n'y a jamais eu de bail chelou à base d'envoi de photos, ça n'a même jamais été évoqué. C'est pour ça aussi que je ne me méfiais pas trop. Il était hyper sympa, hyper drôle. Et, à force, on a fini par se dire des trucs, qu'on s'aimait, tout ça.

Elle ridiculise les sentiments parce qu'elle se sent bête de s'être fait berner.

– Il m'expliquait qu'il était à Montpellier, moi j'étais à Paris, du coup on pouvait pas se voir. Plusieurs fois, il m'a dit qu'il allait prendre le train pour venir me voir, mais il ne le faisait jamais. Un jour, en vacances, j'étais descendue à Montpellier : on n'avait pas pu se voir, je sais plus pour quelle raison bidon. Une autre fois, il m'a dit qu'il devait venir à Paris, donc on s'était donné rendez-vous. Il m'a posé un énorme lapin.

Elle fait une pause. Je l'entends qui s'allume une clope.

– Il m'avait dit qu'il n'avait pas pu venir parce que sa copine ne voulait pas qu'il y aille. Je n'étais même pas au courant qu'il en avait une.

– Oh ! Tu te souviens de son nom ?

– Franchement, j'ai pas tellement de souvenirs. Je me rappelle qu'il était dans un internat, pour une formation en bâtiment, je crois. Il me racontait qu'il allait au Maroc pour bosser sur des chantiers. Sachant qu'il était censé avoir 15 ou 16 ans, c'était assez bizarre. Maintenant, bon, les boulots d'été, moi aussi j'en ai fait. Donc c'était peut-être vrai.

Je vais chercher mon bloc-notes et m'installe dans le canapé. Je relis la liste des questions que j'avais notées et les enchaîne de manière assez pragmatique.

– Tu l'as déjà vu en vidéo ou en photo ?

Là aussi, même histoire. Comme moi, elle ne l'a vu que sur des photos postées sur son blog, peut-être par webcam une fois, mais elle n'en est plus sûre. Il lui avait aussi envoyé une photo d'une équipe de rugby dans laquelle il était censé jouer.

– Il t'a parlé de son meilleur ami ?

Elle réfléchit quelques secondes, rallume sa clope. J'en déduis que c'est une roulée.

– Pourquoi ? Il avait quelque chose de spécifique ?

– Il s'appelait Matthew.

– Ah oui, si ! Je me souviens qu'il l'a mentionné parce que j'adore les prénoms anglais.

– Tu lui as déjà parlé, à lui ?

– Non, je ne pense pas.

Elle réfléchit à nouveau.

– Ah mais si, maintenant que tu le dis, j'ai le souvenir d'avoir échangé quelques messages avec lui. Nour ne pouvait pas parler sur MSN, donc son meilleur pote m'avait envoyé un message du style : « Il a pas son téléphone », ou je sais pas quoi. Et je me suis demandé si ce n'était pas lui qui essayait de se faire passer pour quelqu'un d'autre, mais je ne voyais pas pourquoi il aurait fait ça. J'ai pas cherché plus loin.

– Et sa famille ? Il t'en parlait un peu ?

– Il a sans doute dû m'en parler à un moment

donné. Je me rappelle juste un truc un peu compliqué. Il s'entendait pas du tout avec ses parents. Et il y avait une autre personne de sa famille qui s'appelait Nour mais c'était une meuf, donc ça le saoulait.

– Et tu ne connais personne qui l'a connu ? Ou est-ce qu'il t'a parlé de qui que ce soit…

Elle m'interrompt.

– Vraiment pas. Je n'ai jamais été en contact avec des gens qui le connaissaient. Pour le coup, quand on a arrêté de se parler, le mec a disparu. *Vanished in the nature*, quoi.

Le mec était « *vanished in the nature* ». J'ai jamais entendu une phrase plus parisienne. C'était peut-être pas une clope roulée mais une Vogue, finalement. Je lui demande comment leur relation s'est terminée.

– Vers 2010-2011, un truc comme ça, il a commencé à me dire que j'avais changé, je sais pas trop quoi et, *grosso merdo*, il a fait l'équivalent de me larguer. Après ça, j'ai eu des nouvelles au compte-gouttes puis j'ai un peu laissé tomber. Les dernières nouvelles que j'ai eues, c'est qu'il sortait avec une meuf depuis plusieurs mois. Mais c'était y a genre… dix ans ? Et après ça, plus rien. J'ai peut-être encore son 06 dans mes vieux contacts.

On compare les numéros de téléphone qu'on a : ils correspondent.

Elle m'explique qu'elle aussi a tenté de le retrouver par la suite :

– J'ai dû essayer de lui envoyer des messages ou de l'appeler mais j'ai jamais eu de réponse. J'avais cherché avec son adresse MSN et son nom, sans jamais rien trouver. Chelou, quand même, de pas exister sur Internet. Surtout à notre époque... À la longue, j'ai fini par me dire que c'était un bon gros *catfish* et que j'étais sûrement pas la seule à être victime de ce truc-là.

On en est arrivées aux mêmes conclusions, sans avoir de réponse à la question centrale : « Pourquoi aurait-il fait ça ? » Je lui demande son avis, en caressant le chat, qui vient de s'installer à côté de moi.

– En fait, je sais pas. Ce que je trouve bizarre et assez étonnant, c'est qu'il en a jamais rien tiré, tu vois ? Genre, il n'a jamais essayé de me demander des thunes ou des photos compromettantes. À l'époque, je me suis pas dit que c'était louche. Normalement, les gens font ça pour un certain intérêt. Avec moi, ça n'a jamais été le cas. Mais d'un autre côté, ça reste quand même étrange à plein de niveaux : à la fin, il y a des périodes où on se parlait plus trop, puis il revenait, il me reparlait pendant deux ou trois semaines, puis il repartait. Et je trouvais qu'au fil des allers-retours, tout changeait très vite. Une fois, il habitait avec un pote, juste après, il vivait chez ses parents. Peut-être que le mec avait une vie agitée mais, pour le coup, j'avais un peu l'impression qu'il finissait par oublier ce qu'il m'avait inventé la fois d'avant, tu vois ?

Je regarde dans le vide, avant que mes yeux ne se posent sur la lettre, toujours posée sur la table du salon.

– Il t'avait envoyé du courrier ?

– Heu, non. Je ne lui ai jamais donné mon adresse.

Good lord. C'est seulement maintenant que je me rends compte que j'avais donné mon adresse à un inconnu rencontré sur Internet. Si ma mère l'apprend un jour, elle va me tuer.

– Ah oui, merde. Moi, si. C'était vraiment imprudent.

– À fond. Mais d'un côté, je suis allée au premier rendez-vous avec lui toute seule, alors que j'avais 14 ans.

C'est bon, je ne suis pas seule à être inconsciente. On rigole (mais d'un rire qui veut dire « C'est fou qu'on soit encore en vie et pas enterrées dans un sous-bois »).

Elle ajoute :

– Il existe probablement, hein... En revanche, je me suis toujours demandé si c'était vraiment lui sur ses photos. Le profil typique des personnes qui font du *catfish*, ce sont des gens qui n'ont pas du tout confiance en eux parce qu'ils se trouvent pas beaux et qui utilisent des photos d'autres gens, jusqu'à prendre parfois leur nom et tout. Du coup, je pensais un peu que c'était ça. Un mec qui s'assumait pas trop, qui préférait ne pas se montrer en vrai.

Je l'entends souffler sa fumée de cigarette, puis elle me demande si j'ai trouvé d'autres gens dans notre cas. J'ai l'impression d'être le capitaine de l'enquête. *Head of mystère.*

– Pas encore, mais je cherche.

– T'as un tableau chez toi avec des petites ficelles rouges qui relient des photos entre elles ?

Je souris.

– Ben, écoute, c'en est pas loin. Je suis à deux doigts de contacter tous les lycées du département.

– Ah ! Son lycée c'était un nom un peu chelou, ça ressemblait à Buisson. Ça m'avait fait marrer, comme nom.

– Oh, je note ! Et d'ailleurs, dernière question : toi, il t'a dit qu'il s'appelait Nour Alaoui ?

– Nour Marco Alaoui.

– Ah ! Il t'avait aussi dit Marco ?

– Oui, il aimait pas qu'on l'appelle Nour – vu que c'était « un nom de meuf ». Donc j'utilisais Marco.

– Je devrais peut-être plutôt chercher ce nom-là sur Internet en fait.

– Bah, écoute, j'avais cherché et j'ai rien trouvé. Mais visiblement, t'es une meilleure détective que moi.

– Disons que j'ai trop de temps libre.

On termine la conversation par quelques banalités. Elle me demande de la tenir au courant si je finis par mettre la main sur lui.

– J'avais fini par faire la paix avec tout ça, accepter que je ne saurais jamais. J'en garde un bon souvenir, je vire ce qui était nul, et voilà. Y a un moment, bon, faut pas s'accrocher trop longtemps. Mais si t'y arrives, bien joué !

Je la remercie de m'avoir accordé du temps. Et j'ajoute (à 70 % parce que je le pense et à 30 % pour me donner un petit style) que si un détail lui revient, elle peut m'appeler. *Good lord.* Si elle avait été face à moi, c'est sûr et certain que je lui aurais filé ma carte en ajoutant : « À n'importe quelle heure du jour ou de la nuit », une pipe à la main.

J'ai honte mais ma première réaction, c'est d'être rassurée qu'à elle non plus, il n'ait pas demandé d'argent ou de photos déplacées. Pas du tout par sororité mais parce que j'aurais été vexée qu'il le lui demande à elle et pas à moi. Ça aurait bien été ma veine. On aurait pu lire dans les faits divers du mois prochain : « Son *catfish* la trouve trop moche et trop pauvre pour l'arnaquer : elle le retrouve pour le confronter. »

Par contre, cet appel ne laissait aucune place au doute : Nour était définitivement un *catfish*. Probablement un garçon boutonneux et mal dans sa peau, qui usurpait une identité sur Internet pour avoir un endroit où exister comme bon lui semble, sans les obstacles habituels (du type : physique ingrat et t-shirt noir à l'effigie du Che Guevara assis sur un loup un soir de pleine lune).

Et je ne peux pas vraiment le blâmer. On a tous raconté n'importe quoi sur Internet parce que c'était le seul endroit où on pouvait être qui on voulait. J'ai probablement déjà raconté à des inconnus que j'étais belgo-anglaise, que ma mère était actrice et mon père, pianiste, toujours en tournée. Le net comme une immense partie de Sims, un « MOTHERLODE[45] » grandeur nature. En ligne, nos défauts n'existaient plus et nos peurs disparaissaient avec eux.

J'ai toujours du mal à croire que ce gars qui m'a tant apporté ait pu faire ça. C'est sûrement ce que se disent plein de gens qui viennent de se faire tromper.

Mytho ou pas, la personne à qui je parlais existe bel et bien. Et il est peut-être possible de la retrouver.

Je lis quelques articles sur les *catfishes* et me plonge dans les dernières lettres que je lui avais écrites et jamais envoyées.

45 — Je précise pour ceux qui n'ont pas eu d'enfance ou qui en ont eu une il y a trop longtemps : « Motherlode » était un code dans le jeu vidéo *Les Sims*, et qui faisait gagner 50 000 euros. Il permettait donc d'avoir une vie : de rêve.

Mes cinq dernières lettres dégoulinent d'amour et d'obsession. Je lui parle de l'avenir que j'imagine pour nous, du son de sa voix (« la voix d'un gamin de 11 ans, mais mon gamin de 11 ans préféré < 3 »), de son rire, de sa timidité, de ses histoires d'amour (« c'est si mignon que tu sois tout stressé avec les filles »).

7 septembre 2009

Allez viens, on va s'égarer, sans tout le reste pour encombrer nos vies. Je te promets que tout va s'arranger. Tu pourras enfin te rendre compte que tu es parfait. C'est dégueulasse ce que la vie balance dans la gueule des gens. Viens putain viens. J'ai tellement envie d'y croire. Envie de me dire qu'un jour, on sera enfin tous les deux.

Une des choses qui me plaît le plus chez toi, c'est l'espoir que tu gardes quoi qu'il arrive. Je veux que tu m'apprennes à être comme toi, à savoir me dire aussi que tout s'arrangera, même si j'ai beaucoup moins de vrais soucis. Tu m'apprendras tout ça un jour. Je me le promets.

Forcément, c'est facile de garder espoir quand tous tes soucis sont inventés. On voit clairement que j'ai un énorme syndrome du sauveur, avec lui. Alors que j'avais le souvenir que c'était l'inverse. On tombe totalement dans les schémas habituels du *catfishing*.

Par contre, c'est assez marrant de voir que je n'ai aucun souvenir de ces « trucs dégueulasses » dont je parle. Intérieurement, je savais peut-être que c'était faux, mais je ne voulais pas me l'avouer. C'est fou ce qu'on est capable d'accepter quand on a peur d'être seul.

Dans la marge, un « You're My Wonderwall » entouré d'un cœur. Mais vu la lettre suivante, j'ai vite déchanté.

11 septembre 2009

J'ai parlé à Matthew hier… J'ai tort de vouloir imaginer un quelconque avenir ou le moindre sentiment venant de toi. Je croyais que je pouvais avoir confiance en toi, mais même ton meilleur ami dit que tu n'es pas un mec stable, en qui on peut avoir totalement confiance. Je dois croire qui, moi ? Crétin[46].

46 — Vous pouvez deviner mon niveau de privilège dans la vie en voyant que ma plus grosse préoccupation un 11 septembre, c'est de savoir si je dois croire Nour ou Matthew.

Dans la marge de la feuille, des « Nour Alaoui » barrés, pour souligner la gravité de la situation. Hormis l'aspect toujours plus dramatique des propos, cette lettre est intéressante. On se rapproche à nouveau d'une des situations fréquentes du *catfishing* : Nour se dégonfle, se sent peut-être coupable de s'être inventé une vie et donc se crée un personnage tiers – un faux meilleur ami – pour me repousser et se sortir de cette situation sans pour autant avouer qu'il a menti…

20 octobre 2009

Tu nous imagines tous les deux dans un appartement miteux ? À se lever chaque matin pour aller à l'univ… Toi dans tes études de graphisme et moi… peut-être journalisme. Je ne sais pas du tout.

Visiblement notre pseudo-dispute est terminée et l'idylle a repris. On avait tous les deux besoin de ça, je suppose. Lui se créait une autre réalité sur Internet mais moi, c'était dans ma tête. Au final, c'était pas si différent. On s'invente toujours ce dont on a le plus besoin. C'est pour ça que ce sont surtout les gens vraiment dans la dèche qui se demandent ce qu'ils feraient s'ils gagnaient au Loto. Ils savent que ça n'arrivera pas. Mais pendant quelques minutes, ils ont la tranquillité d'esprit de ceux qui ont une douche italienne dans chacune de leurs salles de bains.

J'appelle Max pour lui raconter ma discussion avec Claire. Il ne décroche pas. Avant de me replonger dans les recherches, je descends acheter du café. J'entre au JAT et me mets dans la file pour commander. Pendant que je patiente, j'observe la salle. Une femme d'une quarantaine d'années sirote un jus de fruits tandis que sa fille, qui doit avoir 3 ou 4 ans, mange un biscuit dans sa poussette.

La gamine me fixe, puis me sourit, les dents pleines de miettes. Je lui rends son sourire, en espérant avoir l'air moins débile qu'elle en le faisant. Sa mère lui essuie la bouche :

– Attention, Sandrine, tu en mets partout.

Mon sourire se fige. Y a rien de plus déprimant qu'un bébé qui s'appelle Sandrine. Déjà, savoir que dans trente ans, il y aura des vieux qui s'appelleront Kevin, c'est compliqué, mais je me dis que les parents ont juste dû oublier que l'enfant allait vieillir. Ça peut arriver. Or, quand tu fais un bébé, que tu le prends dans tes bras pour la première fois et que, malgré tout, tu décides de l'appeler « Sandrine », désolée mais ça, c'est direction la DDASS.

Sandrine, quoi. C'est sûr que les bébés Sandrine, ils naissent en tailleur et dès 3 ans, leur jeu vidéo préféré c'est Microsoft Excel. Quelle angoisse. Je suis plutôt contre tout ce qui est infanticide, mais je pense que c'est à cause des bébés qui s'appellent Sandrine qu'il y a des Véronique Courjault[47] dans le monde.

47 — Bah oui, Thomas, je veux bien préciser en note de bas de page que c'est la meuf qui a pris ses bébés pour des Mr. Freeze, mais 90 % des gens qui suivent mon travail connaissent par cœur les assassins de France. Ils ont même leurs préférés.

Je remonte avec ma cruche de café et tente d'en apprendre plus sur ce fameux « lycée Buisson ». Si Nour m'a donné sa véritable adresse, c'est pas impossible qu'il ait parlé à Claire de sa vraie école. Google me corrige : « lycée Paul-Bousson », à dix minutes du centre de Montpellier. *Bingpot.*

J'ajoute donc le nom de Nour à la recherche et parcours les résultats un par un. Des archives du bac, avec des gens qui portent le même nom ou le même prénom, mais rien à son sujet.

Je prends une gorgée de café en me disant que ces mots-clés ne donneront rien et que je suis probablement la seule personne qui soit déjà allée jusqu'à la dixième page des résultats Google.

Mais j'ai bien fait, puisqu'à la fin de cette page 10, un résultat. « Nour ALAOUI ». C'est issu d'une brochure intitulée « Notre mémoire ».

Notre mémoire.

Nour a donc bel et bien existé.

Et il est mort.

Le lien date de 2012. Il est décédé avant que notre génération ne débarque réellement sur les réseaux sociaux, c'est pour ça que je ne le trouve nulle part sur Internet.

Ma respiration s'arrête pendant plusieurs secondes. Je ne parviens même plus à déglutir le café tiède, qui stagne dans ma bouche.

Je ne sais pas vraiment ce que je ressens. Un grand froid. Un sentiment de vide, un retour de bâton de ces derniers jours d'excitation, comme si le karma me donnait une petite tape à l'arrière de la tête pour me punir d'avoir cherché à prolonger cette relation avec Nour plutôt que de chérir les moments passés ensemble.

Je clique sur le lien. Une fois la page chargée, je manque de m'étouffer en recrachant le café sur mon écran. J'éclate de rire. Tout haut, tout fort. Un rire de nervosité, mais surtout de soulagement. Apparemment, « Notre mémoire » n'est pas un site d'avis de décès mais une brochure qui présente les formations artistiques de son lycée.

J'essuie le clavier avec ma manche en me demandant : QUI SUR CETTE FOUTUE TERRE a décidé de nommer « Notre mémoire » une brochure qui parle de jeunesse et de culture ?

– Parlons d'un truc censé représenter la vie et donnons-lui un nom d'épitaphe.

– MAIS OUI, BRAVO ROGER.

Je parcours le fascicule et trouve sa classe : « Lycée des métiers Paul-Bousson. Classe de brevet des métiers d'arts décor et volume. »

Une liste de noms et, parmi eux, « Nour Alaoui ». Elle est illustrée par plusieurs photos : des ados devant un établi, une professeure face à ce qui ressemble très fort à un volcan en papier mâché (c'est sûrement pas ça – rapport au fait que les élèves doivent avoir dans les 16 ans – mais ça y ressemble) et puis deux garçons en tablier taché de peinture, un gros appareil photo entre les mains. À gauche, c'est lui. Je reconnais ses cheveux noirs, la mèche sur son front. Et surtout, je reconnais cette photo, il me l'avait montrée : « Comme ça, tu vois ce que je fais de mes journées. »

Putain de bordel de merde. J'ai devant les yeux une preuve objective qu'il a existé. Qu'il avait bien mon âge. Que Nour Alaoui était son vrai nom. Et qu'au moins une partie de ce qu'il m'a raconté était vraie. Je suis partagée entre la joie de savoir que tout n'était pas un mensonge et la frustration de voir que je ne comprends toujours rien à ce qu'il s'est passé. Le tout, avec les poils toujours un peu hérissés à cause de ce que je pensais être l'annonce de sa mort.

Histoire d'éviter de m'investir encore davantage dans cette recherche pour finalement découvrir qu'il est décédé depuis plusieurs années, j'entre son nom dans tous les sites d'avis de décès que je trouve. Rien.

Je ne sais pas pourquoi, j'inscris aussi celui de ma sœur. Elle n'apparaît pas non plus. Ça me fait du bien.

Cette nuit-là, je rêve d'elle. Mais même dans mes rêves, elle continue d'être morte.

Parfois, je dois la rejoindre (pour des raisons aussi futiles que « lui apporter son sac de piscine ») mais tout m'en empêche. Le pont que je dois traverser s'écroule, les portes du bus se referment devant moi, le chemin que je prends disparaît au fur et à mesure que j'avance. Je finis en larmes face à l'impossibilité de la retrouver, tout en sachant très bien qu'elle est morte et qu'aucun pont, aucun bus, ni aucun chemin ne m'emmènera jusqu'à elle.

Les quelques rêves dans lesquels j'y parviens enfin sont gâchés par l'épée de Damoclès quelques centimètres au-dessus de sa tête. Parce que, là aussi, je sais qu'elle n'est qu'un mirage ou qu'elle ne va pas tarder à partir.

Je n'ai pu la retrouver sans la peur au ventre qu'une seule fois.

Le rêve commençait dans la cuisine de la dernière maison où on a vécu ensemble. On devait fêter quelque chose parce que beaucoup de gens étaient présents, y compris Solène, qui avait 19 ans – l'âge qu'elle aurait aujourd'hui. Je la revoyais pour la première fois depuis huit ans. On savait tous qu'elle avait passé plusieurs années « à être morte » mais, pour une raison que j'ignore – et qui semblait ne poser de problème à personne –, elle était revenue. On se retrouvait donc là, dans notre cuisine, à se demander mutuellement ce qu'on avait fait pendant tout ce temps. Retrouvailles post-mortem oklm. Je ne me rappelle pas exactement notre conversation, alors que ça devait être épique.

– Et toi, qu'as-tu fait ?

– Oh, bah, écoute, j'étais morte.

– Ah OK.

Je me suis réveillée heureuse.

Ça avait beau être fictif, j'avais passé du temps avec la personne qu'elle aurait pu devenir. Elle avait laissé pousser ses cheveux et abandonné les t-shirts à strass (heureusement). Elle avait toujours le regard malicieux de son enfance, mais une nonchalance nouvelle, propre aux adolescents. Mon bébé avait enfin grandi.

Réveil laborieux, j'ai la tête dans le cul. Je descends au JAT et, histoire de sortir un peu de chez moi, je prends mon café sur place, pour la première fois depuis deux mois. Je m'assieds près de la fenêtre, dans un large canapé moelleux aussi confortable que peu pratique pour travailler.

Autour de moi, les gens du quartier sont des clichés d'eux-mêmes : à Saint-Gilles, tout le monde travaille sur un court-métrage depuis quatre ans. Ça doit être la règle pour y emménager. Avant d'accepter une domiciliation, la commune[48-49] demande une carte d'identité et un synopsis.

48 — C'est l'équivalent de la mairie, en Belgique. Mon éditeur m'a demandé d'adapter pour que ça soit compréhensible pour le public français parce qu'il est plus large, mais non : on se coltine vos chaînes TV et votre « soixante-dix » toute notre vie, pour une fois, c'est vous qui faites un effort.

49 — Désolée d'avoir été un peu sèche.

Tous les gens autour de moi parlent d'« arcs narratifs », de « *tax shelter* » ou de « psychologie des personnages ». Ils m'insupportent et, en même temps, on est exactement pareils. La même paire de Stan Smith aux pieds, le même MacBook sous les doigts, le même Moleskine dans nos sacs. Probablement les mêmes bouquins de Nicolas Mathieu et Mona Chollet sur nos tables de nuit et les mêmes morceaux de Frank Ocean dans nos playlists. Tout dans nos habitudes transpire l'insécurité. On est tous là à jouer les marginaux, à revendiquer haut et fort notre différence, alors qu'on essaie de se fondre le plus possible dans la masse.

La musique va trop fort dans le café, comme toujours. Cette fois, ce sont des reprises guitare/voix de chansons électro-pop probablement issues de la bande originale de l'Enfer, mais ça fait le taf. Je me sens bien, au milieu des coussins colorés sur lesquels le soleil laisse glisser quelques rayons.

Pendant que j'allume mon ordinateur, je reçois un message d'Alexandre. Il veut savoir si j'ai embarqué son adaptateur HDMI en partant. Je m'apprête à lui répondre que oui, mais mon regard se perd sur son message précédent, laissé sans réponse :

> Je vais t'expliquer pourquoi je suis en colère, parce que je pense que t'es trop immature et autocentrée pour le comprendre spontanément.
> Je suis en colère parce que tu passes ton

temps soit à avoir l'aval d'une catégorie de la population que tu détestes, soit à vouloir plaire à des gens qui te plaisent mais qui, eux, ne te regardent pas. Et ils ne te regardent pas parce que tu ne les intéresses pas. Ils te trouvent touchante, tout au plus. C'est pourquoi ils apprécient de passer du temps avec toi le temps d'un verre, à l'occasion. Mais ils ne feront pas souvent un pas vers toi, parce que tu n'as rien à leur apporter. Tu ne brilles pas par ton raffinement, tu ne brilles pas par ta culture, tu ne brilles pas par ta maturité. La validation que tu cherches ne te permet que d'être considérée. Pas appréciée.

À côté de ça, tu as dans ta vie une personne comme moi, complexe, ambitieuse, curieuse, cultivée et stable. Et tu n'y prêtes pas attention parce que t'es obsédée par les gens qui ne t'aiment pas avant de considérer ceux qui t'aiment. C'est pour ça que tu ne t'intéresses réellement à personne de ton cercle privé.

Je ne suis pas en colère car je me sens lésé, ou touché dans mon ego, je suis juste déçu de m'être trompé. D'avoir cru que tu ferais de nous un projet important de ta vie. Non pas parce que la société le dit, mais parce que tu aurais intégré que je suis une des clés de ta réussite personnelle et de ton épanouissement.

Je n'ai toujours pas décidé ce que je pensais de ce message (dans le doute, je l'ai ignoré). C'est parfois difficile de faire la différence entre un gars toxique et un mec lucide.

Il a raison sur plusieurs points : notamment sur mon égocentrisme. Je suis tellement obsédée par l'idée d'essayer d'aller bien, que je n'accorde pas de temps aux autres. Je ne sais pas si ça en est la cause ou la conséquence : est-ce que je suis égocentrique parce que je me sens mal ou est-ce que je me sens mal parce que je suis égocentrique ? Le dilemme de l'œuf ou de la poule, pour les gens de qualité moyenne.

Il a raison et pourtant, je n'ai pas essayé de faire des efforts. De corriger chez moi les défauts qu'il soulignait. J'ai préféré regarder notre relation crever pour avoir des raisons d'être triste une fois qu'elle serait terminée. C'est fou qu'on ait tendance à fuir les gens qui voient clair dans notre jeu, pour se plaindre juste après de se sentir incompris. Mais c'est effrayant d'être lisible. Vraiment.

Finalement, je décide de lui répondre : « Non, *sorry*, c'est pas moi qui l'ai. » Ça lui apprendra à avoir raison, ce con.

Je lance mon téléphone nonchalamment dans mon sac et m'enfonce dans le canapé du JAT comme dans un jacuzzi[50], l'ordinateur sur les genoux. Sur Google, je passe en revue chaque élève de la classe de Nour. Nouveau détail vraiment étrange dans la pile de détails étranges qu'est cette histoire : je ne retrouve que trois d'entre eux. Sur dix personnes de 25 à 30 ans, il n'y en a que trois qui ont des profils Facebook et Instagram. Mon cerveau repart en vrille.

Il a dû se passer quelque chose. Peut-être une tuerie de masse dans son école. Un gamin qui écoutait trop My Chemical Romance les a tous butés parce qu'il était jaloux de leurs Stan Smith. Seuls trois ont survécu. Aujourd'hui, ils tentent de se reconstruire

50 — *Jacuzzi*, titre de bouquin d'Émile Zola s'il avait été italien.

malgré le traumatisme de ce macabre jeudi après-midi. C'est la seule explication.

Je contacte les trois miraculés : Anton, Caroline et Alicia.

> Salut,
> Ça va être très bizarre comme message vu qu'on ne se connaît pas mais, en gros : je suis à la recherche de Nour Alaoui et je pense que vous étiez ensemble au lycée Paul-Bousson. Est-ce que tu sais par hasard ce qu'il devient et, éventuellement, comment le contacter ?
> Merci !
> Allie

J'hésite à ajouter un mot sur le drame, mais ils n'ont sûrement pas envie de revenir sur cette tragédie. Peut-être même qu'ils ont perdu la mémoire à cause du choc. Le cerveau est décidément prêt à tout pour se protéger.

Accessoirement, c'est possible aussi qu'il n'y ait jamais eu de tuerie de masse dans leur lycée. Je joue la sécurité en restant sobre.

Il ne reste qu'une semaine avant la rentrée de septembre. Les bureaux se remplissent peu à peu. Mes collègues sont bronzés et détendus, au moins pour quelques jours – sauf Hélène, qui est toujours aussi nerveuse qu'avant. À peine arrivée, elle passe à mon bureau et m'offre son plus beau sourire crispé (et crispant) :

– Bonjour, Allie ! Tu as passé de belles vacances ? Dis-moi, tu as des dispos aujourd'hui ?

Je l'adore et je la déteste. Hélène est une sorte de première de classe austère sans aucun bon sens qui s'adresse à moi comme à son assistante alors qu'on occupe le même poste. Elle suit les règles, qu'elles soient sensées ou pas. Si notre boss lui demandait de chier dans l'imprimante, elle le ferait et distribuerait une copie à tout l'étage pour montrer son implication. Je lui réponds, méfiante mais amusée :

– Oui, je peux dégager du temps, pourquoi ?

– J'aimerais que tu couvres la fête de la Pêche à la crevette d'Oostduinkerke.

Je rigole en soufflant du nez. C'est la première fois que je l'entends s'essayer à l'humour.

– Hahaha, t'es con.

Elle reste immobile. Merde.

– Attends, c'est un vrai truc ? On dirait un gag comme « je vais élever des chèvres dans le Larzac ».

– Eh bien, tu diras ça à Jean-Marie, l'organisateur. Il faudrait l'interviewer. Ça serait bien que tu aies aussi le témoignage de Nadine, la gagnante de l'année dernière.

– La gagnante ?

– Il y a un concours de décorticage de crevettes.

– Et tu veux que je fasse une interview de la personne qui a remporté le prix de Meilleure Décortiqueuse de crevettes 2021 à Oostduinkerke ?

– Oui, ça serait intéressant de savoir si elle remet son titre en jeu, si elle a de la pression pour cette année, ce genre de choses.

Je suis fascinée. Quitte à avoir l'impression d'être dans le *Truman Show*, autant pousser un peu. Je suggère :

– On pourrait pas faire l'article selon le point de vue des crevettes ?

– C'est-à-dire ?

Je rapproche mes bras de mon corps et bouge les poignets pour mimer des petites pattes. Elle ne rigole pas. Je continue. Trois secondes. Quatre secondes. Jusqu'à ce qu'elle s'agace :

– Qu'est-ce que tu fais ?

– Je n'en ai aucune idée, Hélène.

Elle dépose le communiqué de presse de l'événement sur mon bureau.

– Le contact de Jean-Marie est en bas de la feuille.

– Et le numéro de la gagnante ?

– Je ne l'ai pas. Il est sûrement dans les Pages blanches.

– Ça existe encore, ça ?

Elle me regarde avec mépris.

– Évidemment.

Je suis profondément dépitée, mais me voilà donc lancée sur la fête de la Crevette d'Oostduinkerke, en quête des coordonnées de cette fameuse Nadine. Aucun résultat à la première recherche sur Google. Je laisse donc à Hélène le bénéfice du doute et regarde aussi, sans conviction, sur le site des Pages blanches. Son numéro est là.

Non seulement ce système qui me semblait archaïque est toujours utilisé, mais surtout, contrairement à ce que je pensais, les informations des Pages blanches n'apparaissent pas dans les résultats Google. Ce qui veut dire que le numéro de Nour pourrait très bien y être. Je recherche : « Nour Alaoui ». Rien. Puis « Youssef Alaoui ». Un résultat à Grabels, banlieue de Montpellier. Une adresse qui a l'air plus récente que celle trouvée avec Max au début de l'été.

Alaoui Youssef
12 avenue de la Reine,
34790 Grabels

Je copie-colle l'adresse sur Google. Une entreprise est domiciliée là-bas : celle d'un plâtrier, qui semble encore en activité. Un numéro de téléphone est indiqué. Avec un peu de chance, celui-ci est toujours attribué. Palpitations. J'ai rarement été si contente qu'un inconnu soit encore en vie. Je réfléchis quelques secondes à quel mensonge inventer pour l'appeler mais mon cerveau refuse de se projeter là-dedans. Je dois aller sur place. Maintenant.

Je dis à Hélène que j'ai besoin de m'imprégner de l'ambiance d'Oostduinkerke pour trouver les bons mots au sujet de la fête de la Crevette : je dois aller sur place. Mon engouement la surprend mais elle me félicite pour ma proactivité.

Notre cheffe, assise quelques mètres plus loin, entend mon excuse bidon. Elle me regarde en levant le sourcil. Je lui souris. Elle sait très bien que c'est un énorme mytho. Mais elle sait aussi que je fais parfois des trucs comme ça. Et, dans le fond, elle s'en fout, puisque, au final, mon job est quand même bien fait.

Je prends ma veste et je quitte le bureau.

Deux heures plus tard, je monte dans un Thalys Bruxelles-Paris.

Un jeune garçon est déjà installé dans mon siège. Je pourrais lui dire qu'il s'est trompé, mais je me suis retrouvée dans la même situation il y a quelques années : j'ai fait remarquer à un gars qu'il était à ma place. Il s'est levé, un peu embarrassé, et s'est éloigné.

En tâtonnant. Avec une canne blanche.

J'avais tellement envie de me désintégrer sur place que je l'ai juste regardé partir en butant sur les valises mal rangées. Ça m'a traumatisée. Cette fois, je ne dis rien, je m'assieds à une place libre à quelques mètres. Au bout de deux minutes, une dame arrive et me dit que c'est son siège. Ça se voit qu'elle, elle n'a jamais chassé un aveugle d'un wagon.

Le strapontin du couloir fera l'affaire. L'ordi sur les genoux, je passe quelques coups de fil malgré le réseau chaotique et je boucle l'article sur la fête de la

Pêche à la crevette 2022. J'envisage de le titrer « Sur la plage en fin d'été : décorticage et crustacés ».

Terminus Paris-Nord. Je vais prendre l'air quelques minutes avant de monter dans le métro. À la sortie de la gare, plusieurs sans-abri passablement ivres m'alpaguent. J'essaie de leur répondre de manière bienveillante alors que, clairement, ma communication non verbale crie mon angoisse. Il pleuvine. Je vais être trempée si je reste dehors plus longtemps. De toute façon, pour pouvoir prendre l'air aux alentours de Paris-Nord, il faudrait déjà qu'il y *ait* de l'air aux alentours de Paris-Nord. Je ne trouve que des effluves de pisse et de poubelle. La ville de l'amour.

Je prends le métro jusqu'à gare de Lyon. Une déviation m'oblige à terminer le chemin à pied. Il pleut encore plus fort. En cinq minutes, mes cheveux sont trempés et perlent sur le haut de ma veste. Je suis partie si vite, et avec l'idée que Montpellier était la capitale du soleil, que je n'ai emporté avec moi qu'une petite veste en tissu. Encore un coup de génie qui me vaudra trois semaines de crève.

J'arrive à gare de Lyon ruisselante. Le froid me glace le sang et il me reste quarante-cinq minutes à tuer avant le départ du train pour le sud. Il n'y a aucun endroit dans le hall central où me poser : ça grouille de monde. Je finis par trouver à l'extérieur une brasserie un peu miteuse mais équipée d'une véranda chauffée. Je m'assieds et commande un café *latte*.

Mon téléphone sonne. C'est Max. Je ne décroche pas. Dans la minute qui suit, il m'envoie un message :

Hey, je viens aux nouvelles. Tout va bien ?
On se voit bientôt ?

Je lis la notification sans l'ouvrir pour qu'il ne sache pas que je l'ignore volontairement. Je ne lui ai pas dit que je partais pour Montpellier. On avait souvent blagué sur le fait qu'on irait là-bas ensemble pour boucler cette enquête, mais je pense que j'avais besoin de mettre fin à cette histoire toute seule.

En fait, je déteste les mensonges mais j'aime les secrets. Même les secrets débiles. Il n'y a rien que j'aime plus que de disparaître quelques jours sans laisser de nouvelles et ne répondre à personne. Je suis la seule à savoir où je suis et ce que je fais. Souvent, je suis chez moi et je ne fais rien, mais tout prend une saveur supplémentaire quand personne ne le sait[51].

J'ai aussi souvent l'impression que mettre des mots sur les choses que je ressens les affaiblit. Mes émotions sont trop fragiles pour que je puisse les communiquer *et* continuer à les ressentir.

C'est probablement pour ça que je n'ai jamais parlé de Solène à qui que ce soit. Si je le fais, j'ai peur que ma tristesse ne s'érode et qu'il ne reste rien. Certains de mes amis savent que j'ai perdu ma sœur – en général, parce que ma mère leur a dit. Elle en parle (trop) facilement.

Je n'ai pas pu faire autrement que de m'éloigner de ma famille, depuis qu'elle est morte. Une seule fois, je suis allée à un dîner familial après son décès. J'ai passé la soirée à me retenir de chialer : ce n'était pas normal qu'elle ne fasse pas partie du tableau. La présence de nos proches ne faisait que mettre en lumière son absence à elle. J'avais le réflexe de leur en vouloir, alors qu'ils n'y pouvaient rien.

Depuis que je ne les vois plus, je peux me donner l'illusion que notre famille est toujours entière, me convaincre que Solène est chez papa, qu'on ne s'est pas appelées dernièrement parce qu'elle est très occupée, qu'elle travaille beaucoup pour l'école et

51 — Il y a un passage là-dessus dans *Le Portrait de Dorian Gray* d'Oscar Wilde, mais grosse flemme de le retrouver. Et je vais quand même pas citer du Oscar Wilde, on n'est pas sur Instagram.

qu'elle a tellement de copains et copines qu'elle a forcément autre chose à faire que de contacter sa sœur. J'ai pensé des centaines de fois à l'appeler. Juste pour tomber sur sa messagerie et entendre sa voix. Je n'ai jamais osé. C'est beaucoup trop triste de tomber sur la messagerie de quelqu'un qui ne décrochera plus.

Assise à l'intérieur de la brasserie, je suis congelée, fatiguée et je commence à regretter d'être venue seule. Mes cheveux dégoulinent toujours. L'impulsivité, c'est vraiment pas mon truc : comment j'ai pu penser que j'étais capable de partir à 850 kilomètres de chez moi sur un coup de tête alors qu'en temps normal la simple idée de quitter mon appartement suffit à m'angoisser ?

Mon regard se perd dans le vide, je n'ai plus aucun repère, pas la moindre idée d'où je vais dormir ce soir. Je me sens minuscule, faible, sur le point de disparaître. Le gouffre en moi s'ouvre à nouveau, j'ai l'impression de tomber dans le vide.

Le serveur arrive avec mon café. Pas un *latte* comme je lui avais demandé, mais un café noir. J'en avale une gorgée, le goût m'écœure. Je me sens me fissurer, prête à imploser. J'éclate en sanglots. Je n'arrive plus à reprendre mon souffle.

C'était un vendredi. Je suis arrivée chez maman, elle était assise sur le lit, en train de pleurer. Je me rappelle la seconde où je l'ai vue. Directement, je me suis dit : « Bordel, elle me saoule, elle s'est encore disputée avec papa. Qu'ils se lâchent une bonne fois pour toutes. » Je me suis assise à côté d'elle pour lui redire pour la millième fois : « Mais non, il ne pense pas ce qu'il dit, mais non, tu n'as pas tout foiré, mais oui, on t'aime. Maintenant, arrête de t'en faire, Solène arrive bientôt et on va passer une bonne soirée. »

Et c'est là qu'elle m'a dit : « Solène est morte. » Juste ça.

Machinalement, j'ai répondu « non ». Elle a répété. Et je n'ai pas compris. Elle m'a expliqué qu'elle avait arrêté de respirer durant son sommeil. Comme ça. Sans raison. Sans aucune putain de raison.

Je suis restée plusieurs minutes sans bouger, me demandant comment ma mère pouvait me faire une blague d'aussi mauvais goût. À aucun moment, je n'ai pensé que ça pouvait être vrai. Je suis montée dans ma chambre et je me suis forcée à pleurer.

Ça faisait au moins trois semaines qu'on ne s'était pas vues, mais on avait prévu de regarder un film toutes les trois ce soir-là. Au lieu de ça, je me suis retrouvée à devoir choisir quel message mettre sur sa couronne de fleurs.

Une heure plus tard, j'étais à la morgue. Ils l'avaient installée dans une chambre, comme si elle était simplement malade. Elle était emmitouflée dans plusieurs couvertures. Ses lèvres étaient déjà bleutées.

Ma mère et l'infirmière nous ont laissées seules. Pendant plusieurs minutes, j'ai essayé de lui parler, mais elle ne répondait jamais. Elle restait morte.

On a ensuite passé trois jours dans ce foutu

funérarium. Trois jours. À fixer la photo sur le cercueil minuscule, entouré de fleurs. Il y en avait partout, des foutues fleurs. Absolument partout. Qu'est-ce que vous voulez qu'elle fasse avec ça ? Déjà parce qu'elle a 11 ans, mais aussi parce qu'elle est morte.

Son enterrement a été un enfer. Toute sa classe était là. Une trentaine d'enfants de 11 ans. Je n'en connaissais que deux ou trois. Qu'est-ce que j'ai bien pu foutre de ma vie pour ne connaître que deux ou trois amis de ma sœur ? Sur le chemin du cimetière, ils ont lâché des ballons blancs. Ce sont nos institutrices de primaire qui avaient organisé ça. C'était beau. J'y repense parfois. Je me demande où ils sont allés.

J'ai déjà du mal avec la vie : d'où je serais capable de gérer la mort ? Je sais pas faire ça. Je sais pas si on doit encore écrire les anniversaires des gens morts dans les calendriers. Je sais pas non plus quoi faire quand quelqu'un qui la connaissait, sans avoir appris sa mort, me demande de ses nouvelles.

La première fois, dans la panique, j'ai dit qu'elle allait bien. Qu'elle venait d'avoir 13 ans et qu'elle commençait à bien faire galérer les parents. Qu'elle était drôle à voir, à mélanger des comportements de jeune ado avec des réflexions d'enfant.

Je ne sais pas non plus quoi dire quand on me demande si je suis fille unique. C'est la question que je redoute le plus lorsque je rencontre quelqu'un. La plupart du temps, je réponds « oui ». Et je me sens coupable. Comme si je prétendais qu'elle n'avait jamais existé. Une fois, quelqu'un m'a répondu : « Tu m'étonnes, tu agis vraiment comme une enfant unique. » C'était le pire. Je me suis sentie si triste. Et j'ai eu envie de lui mettre une énorme droite. Parce que c'était vraiment faux. D'ailleurs, la seule année que j'ai passé dans la même école que Solène, je me suis souvent imaginée tomber sur un garçon de sa classe en train de l'embêter. Je me voyais le soulever par le col et lui murmurer : « Si tu refais ça, je t'arrache la tête et j'en fais un cale-porte. » Comme si j'étais capable de la protéger. Comme si qui que ce soit le pouvait.

Après ça, j'ai eu peur tout le temps. J'ai fait des insomnies à répétition pendant les mois qui ont suivi. Je n'arrivais pas à dormir parce que je redoutais que tous mes amis meurent dans leur sommeil. Je les appelais en plein milieu de la nuit, je tombais sur leur messagerie et je pleurais encore plus.

J'ai beaucoup angoissé quand j'étais avec Alexandre, aussi. Un soir – il devait être 1 heure du matin –, j'étais à une fête avec des amis alors qu'il était chez lui. Le stress a commencé à me bouffer le ventre et je me suis mise à chialer sur du Major Lazer à la simple idée qu'Alex serait mort le lendemain matin.

Aujourd'hui encore, quand je dors avec quelqu'un, je pose régulièrement ma main sur sa poitrine pour vérifier qu'il respire.

Mes larmes ne s'arrêtent pas, elles s'écrasent sur

la table de la brasserie. Ça devait faire deux ans que je n'avais pas pleuré comme ça. J'ai l'impression qu'on enlève un poids de ma cage thoracique. De physiquement me vider. Comme une purge de ces huit dernières années. Je laisse la tristesse couler. Je l'encourage, même. Je prends mon téléphone dans lequel se trouve le dossier de photos « famille » que j'avais copié sur l'ordi de ma mère.

Je fais défiler les photos de nos dernières vacances à quatre, comme on regarderait une compilation YouTube de vétérans qui retrouvent leur chien après la guerre. Il y a une vidéo filmée par ma mère, où Solène apprend à faire du roller dans un parking désert. Elle tente de tenir debout et rigole à chaque geste maladroit. On ne va pas se mentir, elle était très nulle et faisait trop de mouvements brusques pour garder l'équilibre.

Un des trucs qui me déprime le plus au sujet des gens morts, c'est qu'il n'y aura jamais de nouvelles photos d'eux. Tout ce qu'il restera de leur existence est déjà là.

Et chaque année, la différence d'âge entre eux et nous va se creuser. J'aurai 28, 30, 70 ans, mais Solène aura toujours 11 ans.

Le serveur me voit en larmes. Mal à l'aise, il s'approche et me demande si tout va bien. Je ne peux pas lui dire que je pleure parce que ma sœur restera pour toujours nulle en roller, donc j'articule entre deux sanglots :

– J'avais demandé un café *latte*, pas un café noir.

Une demi-heure plus tard, je suis calmée. Mes yeux sont toujours gonflés mais j'arrive enfin à respirer normalement. Je retourne dans la gare pour prendre mon train.

Le panneau d'affichage annonce vingt minutes de retard[52]. Quelle journée de merde. Mes vêtements sont moins humides qu'avant, mais j'ai toujours froid. Je vais me rechercher un café, à emporter cette fois, dans une échoppe en face du quai.

Pendant que je fais la file, mon téléphone vibre. Une notification Messenger : « Caroline vous a envoyé un message. » Je remets mon portable dans la poche de ma veste, je n'ai envie de parler à personne. Une seconde de réflexion et je me fige. Caroline ? Je ne connais pas de Caroline en dehors

52 — Même dans les livres, la SNCF galère. Quel *win*.

de celle qui était dans la classe de Nour et à qui j'ai écrit hier.

C'est à mon tour de passer commande. Je demande maladroitement un nouveau *latte* en déverrouillant mon téléphone et, tandis que je parcours son message, une trappe s'ouvre sous mes pieds. J'ai chaud et froid à la fois, mon cœur bat dans mes tempes et je n'entends plus rien autour de moi.

Une phrase. Elle n'a répondu qu'une seule phrase. Une phrase anodine qui ne dit *a priori* pas grand-chose et qui, pourtant, suffit à me faire comprendre ce qui était sous mes yeux depuis le début. Une seule putain de phrase qui m'éclate au visage et lève le voile sur un mensonge vieux de douze ans.

Salut ! Oui, j'étais en classe avec Nour mais depuis qu'on a fini le lycée, on ne s'est jamais revues et je ne sais pas du tout ce qu'elle devient, désolée de pas pouvoir t'aider…

— Madame ?

Je relève la tête.

– Ça fait cinq euros trente, madame.

Je pensais qu'il avait menti sur son âge, sur ses histoires d'amour, sur ses études… Mais sur son genre, ça ne m'était jamais venu à l'esprit.

– Vous payez par carte, madame ?

Je m'excuse pour l'inattention, paie et m'éloigne en oubliant mon café sur le comptoir. Les indices que j'avais récoltés prennent petit à petit tout leur sens : sa voix « d'enfant de 11 ans », pourquoi il refusait qu'on branche nos webcams, le prénom Marco qu'il préférait parce que Nour était un prénom majoritairement féminin, les plans de rencontre foireux avec Claire, la peur que sa famille ouvre son courrier et réalise que je genrais leur fille au masculin…

Quelle débile je suis. Une annonce SNCF retentit. Le train pour Montpellier part dans dix minutes. Je ne sais pas quoi faire. Je me sens seule et complètement paumée.

J'appelle Maxime pour tout lui raconter.

– Oh, *wow*.

Il laisse un silence de plusieurs secondes.

– C'est fou comme histoire.

Encore quelques secondes.

– Mais, pourquoi tu m'as pas dit que tu partais ? C'est pas hyper prudent d'aller quelque part toute seule sans prévenir personne.

Je tente de lui expliquer que j'avais besoin d'être seule. Il ne voit pas mes yeux toujours gonflés, mais il entend le tremblement de ma voix.

– Oui, mais j'ai l'impression que t'es *souvent* seule en ce moment, non ?

– ... Mmh.

Je marmonne. Il enchaîne :

– Je sais que tu veux pas trop parler d'Alexandre et des autres trucs qui peuvent te rendre triste, mais si tu veux je suis là, hein ?

– Je sais.

Comme à chaque fois que quelqu'un s'intéresse à ce que je ressens, j'ai les larmes aux yeux et je tente de détourner la conversation. À force, il connaît l'entourloupe.

– Écoute, tu rentres à la maison, tu digères un peu tout ça et je te rejoins chez toi ce soir, OK ?

Le trajet du retour me semble plus court. C'est fou comme le temps passe vite quand on chouine dans le coin d'un wagon.

C'est étrangement apaisant, pour une fois, de savoir pourquoi je me sens mal. Ma tristesse a une cause précise plutôt que de se contenter *d'être là*, comme un vieux papier peint qu'on ne remarque plus à force de l'avoir sous les yeux chaque jour. Un papier peint incrusté dans le mur depuis si longtemps qu'il semble désormais impossible à décoller. J'ai beau tirer, gratter, l'imbiber d'eau chaude, le repeindre, il est là, toujours. Partie intégrante du décor.

Vers 18 h 30, mon train arrive à Bruxelles. J'ai littéralement pris le Thalys pour aller pleurer à l'étranger. Quel luxe. Pendant le trajet, j'ai relu cent fois le message de Caroline sans y répondre. Certains détails m'échappent encore : Qui est le garçon que je voyais en photo ?

Est-ce que c'était vraiment Nour ? Avec un style si masculin qu'elle passait aisément pour un garçon ? Est-ce qu'elle se sent coupable ? Est-ce qu'elle regrette ? Est-ce qu'elle garde un aussi bon souvenir de moi que j'en ai d'elle ?

Je me suis replongée dans cette histoire pour chercher du réconfort, retrouver un des seuls endroits où je m'étais sentie en sécurité. Au lieu de ça, je réalise que tout n'était qu'un immense mirage, que pendant nos conversations d'une douceur infinie, Nour était en fait sur ses gardes, pour que je ne comprenne pas qu'elle mentait.

Je marche, en regardant mes pieds. Une fois dans ma rue, je fouille dans mon sac à la recherche des clés de mon appartement et, quand je relève la tête, Maxime est là. Il m'attend sur le pas de la porte avec deux sacs en papier. Il lève le premier vers moi : « Manger ! » Puis le second : « Boire ! » Je lui souris :

– Je vais prendre le deuxième, alors.

On se pose dans le canapé. Il ouvre des bières et je lui raconte à nouveau ma journée en détail, en faisant abstraction de mon moment de faiblesse. Si je n'en parle pas, ça n'a pas existé.

On se met d'accord sur le fait que la raison la plus plausible des mascarades de Nour, c'est l'homosexualité. Elle n'assumait pas d'aimer les filles (peut-être parce que ça n'aurait pas été accepté par sa famille marocaine ?), et se faisait passer pour un garçon sur Internet. Elle entamait des semblants d'histoires d'amour et obtenait ainsi de plusieurs filles la tendresse qu'elle ne pouvait pas recevoir d'elles dans la vraie vie.

En soi, le reste du quotidien qu'elle se racontait, c'était celui dont tous les adolescents rêvaient plus ou moins : elle était libre, pouvait voyager en Angleterre, à Paris, à Bruxelles, sans ses parents pour lui dire quoi faire. Elle avait un job un peu bohème dans un théâtre et un meilleur ami suicidaire au nom américain. C'est un personnage de *teenage movie*.

Je me sens tellement bête de m'être laissé avoir par un mensonge aussi gros. Je tourne en boucle sur tous les indices que j'ai manqués et méprise ma naïveté. Au bout de quelques minutes de réflexion (et d'autoflagellation mentale, soyons honnêtes), je délaisse ma perspective pour adopter la sienne et mesurer à quel point sa vie devait être un enfer pour qu'elle se retrouve à faire ça, à quel point elle devait être seule et honteuse. Je ne sais pas comment on se sent quand on s'invente une vie. Est-ce que pour elle, c'était devenu naturel ? Ou est-ce qu'à chaque conversation elle voulait arrêter de faire semblant et tout avouer ? Elle était peut-être dans le déni au point de ne pas réaliser que mentir à ce point était problématique ?

J'ai beau me sentir idiote d'avoir été bernée, l'envie de la retrouver est intacte – peut-être même est-elle encore plus forte qu'avant. À la différence près que cette fois, elle est motivée par la perspective de lui dire à quel point je suis désolée qu'elle ne se soit pas sentie assez en confiance pour assumer qui elle était. À quel point je suis triste d'imaginer la douleur, la honte, les mensonges, par lesquels elle a dû passer pour pouvoir exister. Lui dire que tout va bien. Que je ne lui en veux pas. Que, qui qu'elle soit, elle méritait chaque seconde de la tendresse qu'on a partagée.

– Mais tu penses que c'était son vrai nom ? me demande Max.

– Oui, parce que sinon elle n'aurait pas choisi « Nour », elle aurait directement pris un nom masculin. Je pense qu'elle devait avoir les mêmes comptes MSN et Skyblog pour sa vraie vie et pour son existence en ligne.

– Donc ça n'explique pas pourquoi elle n'apparaît nulle part sur Internet...

Il tilte.

– Mais si ! Si c'est une fille, elle s'est peut-être mariée et a changé de nom de famille !

Bordel, c'était si simple.

– Il faut qu'on consulte les registres de mariage de l'Hérault ! Tu penses que ça existe en ligne ?

– Je crois pas, ça serait apparu sur Google, non ?

– Faudrait aller sur place.

Je le regarde, blasée :

– Alors. J'ai déjà donné et c'était pas fou.

Il sourit. Je ne sais pas si c'est raciste mais[53] ça témoigne en tout cas de mon manque de connaissance de la culture marocaine : j'imagine maintenant Nour mariée, rentrée au bled pour élever ses quatre enfants avec un mari qu'elle n'aimera jamais.

Je lui suppose de longs cheveux noirs, entourant son visage juvénile aux yeux tristes. En fait, si, c'est complètement raciste, parce que je place intuitivement une femme maghrébine dans la position de victime alors qu'elle vit peut-être sa meilleure vie. *Fuck*. Je voulais être Virginie Despentes, je me retrouve à être Zemmour.

Quoi qu'il en soit, cette image me fait un peu peur et je me demande si la chercher n'est pas égoïste. Peut-être qu'elle a définitivement tiré un trait sur

53 — C'est vraiment une très mauvaise manière de démarrer une phrase.

l'idée d'être un jour elle-même. Si je la recontacte, je viendrai potentiellement tout chambouler. Est-ce que ma curiosité vaut sa tranquillité d'esprit, voire sa sécurité, si sa famille apprend ce qui s'est passé ?

– Peut-être qu'elle le fait toujours.

– Quoi ?

– Se faire passer pour un homme sur Internet. Sur Tinder et tout.

J'attrape ma bière et la lettre de Nour, qui traîne toujours sur ma table basse. Je lis : « Tu sais que je penserai toujours à toi donc évite de m'oublier ;). » Ah bah, ça risque pas.

– Tu as répondu à la Caroline de sa classe ?

– Non. Je sais pas quoi lui dire.

– Tu pourrais lui demander une photo, non ?

– Si elles ont pas gardé contact, il y a peu de chances qu'elle en ait. Et de toute façon, ça serait super bizarre comme demande, de son point de vue.

– Et les deux autres qui étaient au collège avec elle ?

– Pas de réponse pour le moment.

– Tu vas laisser tomber ?

– Je pense. Ou peut-être que je vais tenter un dernier truc. J'appelle le numéro de Youssef cette semaine, et si ça ne fonctionne pas, je laisse tomber.

On termine nos bières, on fume un joint et on se met au lit pour regarder un documentaire sur les loups. Un peu défoncés, on se dit que ça serait vraiment chouette d'en adopter un. À Noël, on lui mettrait des petits bois de cerf sur la tête. On cherche un élevage sur Internet, avant de comprendre qu'il serait malheureux de vivre en appartement : le projet est avorté. À quoi ça tient…

Après le film, Maxime se tourne de mon côté et passe son bras autour de moi. Je sens sa respiration dans mon cou. J'avais oublié à quel point c'était doux, d'être la petite cuillère.

– Tu dors ? Je lui demande.

– Non.

– En fait, ce que je trouve le plus fou dans toute cette histoire, c'est que je réalise que j'aimais les filles depuis le début.

Il éclate de rire.

– Encore bien que toi, t'étais pas un mec gay qui se faisait passer pour une fille dans le but de parler à des gars. Ça aurait été dingue. Vous vous seriez retrouvées toutes les deux comme des idiotes à catfisher un *catfish*.

On parle encore quelques minutes puis il sombre dans le sommeil.

À 3 heures du matin, je ne dors toujours pas. Je pose ma main sur le torse de Maxime. Il respire.

Je me suis laissé quelques jours pour réfléchir.

Finalement, après m'être demandé mille fois la stratégie à adopter avant d'appeler le numéro de Youssef Alaoui, je décide que ma méthode sera : ne pas avoir de méthode. Rapide et efficace (*inch' Allah*).

Je profite de ma journée de télétravail pour me lancer. Je compose le numéro, sûre de moi, imperturbable. Il est temps d'avoir le fin mot de cette histoire.

Première sonnerie. C'est effrayant mais ça ne devrait pas être compliqué. J'ai juste à demander après Nour.

Deuxième sonnerie. En fait, j'aurais dû mieux me préparer, je suis en train de griller mes chances en n'ayant aucune tactique. Puis, de toute façon, pourquoi je veux tellement retrouver une personne que j'ai connue il y a dix ans ? Ça n'a aucun sens. Surtout qu'appeler à 14 heures, c'est vraiment pas des bonnes conditions, je suis en pleine digestion.

Troisième sonnerie. Je me dis qu'à la quatrième je raccroche, puis, si possible, je me jette d'un immeuble. Quelle idée de merde d'avoir appelé, je me déteste, pourquoi j'ai fait ça alors que je pourrais juste être dans mon cana…

– Allô ?

Oh-putain-oh-putain-oh-putain. C'est une voix de femme, je ne m'attendais pas du tout à ça. Elle est plutôt aiguë et j'ai l'impression d'y déceler un accent maghrébin. Je réponds d'une voix tremblante.

– Bonjour, je suis bien chez Youssef Alaoui ?

– Oui ?

Peut-être que c'est elle, en fait. Peut-être que Nour est une vieille dame qui avait besoin de frissons. *Fuck, fuck, fuck*. Nour est une cougar. Dans quoi est-ce que je me suis encore fourrée ? J'essaie de garder une contenance.

– Je cherche à contacter Nour.

Deux secondes de silence.

– C'est de la part de ?

Je n'ai aucune idée de quoi répondre. Je m'attendais à pouvoir improviser sans problème avec un *homme*, mais pas face à une femme. C'est con, mais ça change tout. Les hommes sont tellement plus simples à entourlouper. Il suffit de les noyer dans les détails et attendre qu'ils nous interrompent.

Mon cerveau est en surchauffe. Je décide de partir sur la piste la plus simple : le lycée.

– Heu. En fait, on s'est rencontrées quand elle était au lycée. À Paul-Bousson. Je voulais reprendre contact. Et, heu… voilà.

Je ne sais pas mentir. Vraiment pas. Pour l'instant, je n'ai rien dit de faux, mais je vais devoir tenir si elle pose des questions plus précises, sinon tout va foirer.

– Mais vous êtes qui, là ?

– Ah oui, pardon. Allie.

– Pardon ?

Je me mets presque à crier. Ma voix est de plus en plus chancelante, on dirait que je vais pleurer :

– ALLIE. Mais du coup, heu… Enfin, voilà, je voulais juste contacter Nour. De la part d'Allie.

Trois nouvelles secondes de silence (et franchement, c'est long, trois secondes).

– Expliquez-moi un petit peu.

Voilà, c'est foutu, je creuse ma tombe. Elle a grillé que je mentais. J'ai maintenant la voix de Mickey tellement je stresse. Je laisse des blancs immenses puis, dès que j'ouvre la bouche, je parle très vite comme pour rattraper le silence précédent.

– Heu…

Deux secondes filent encore.

– On s'est rencontrées il y a genre dix ans. Et c'est…

– Oui ?

– Et voilà. Et je… Je voulais reprendre contact, parce que j'ai repensé…

– Oui, y a pas de souci. Mais vous n'avez pas son numéro de téléphone ?

– Heu, non, justement. Et en fait, vu que ça fait très longtemps qu'on ne s'est pas parlé et que je ne l'ai pas trouvée sur Internet, je me suis permis d'appeler chez vous.

J'ai une boule de stress dans la gorge et l'impression de me faire engueuler par ma mère.

– Y a pas de problème, hein… Mais vous avez trouvé ce numéro comment ? Sur Internet ?

– Oui, c'est ça. Via les Pages blanches.

Son ton s'adoucit.

– D'accord. Vous pouvez me laisser votre numéro de téléphone ?

– Oui, bien sûr.

– Attendez, je prends juste un stylo.

Sept ou huit secondes de blanc. J'essaie de calmer ma respiration.

– Oui, dites-moi. Vous voulez qu'elle prenne contact avec vous ?

– Oui, s'il vous plaît.

Je lui donne mon numéro, elle me demande de repréciser :

– Donc vous étiez à Paul-Bousson, toutes les deux ?

OK, là, c'est le moment. Je dois mentir et répondre que oui :

– Non, pas vraiment.

Je me déteste.

– Moi, j'y étais pas, mais on avait des amis communs, on parlait beaucoup sur MSN et tout. C'était y a vraiment longtemps.

– D'accord...

Dernière seconde d'hésitation de sa part, avant qu'elle ne continue :

– Eh bien, écoutez, je lui transmettrai le numéro. Vous vous appelez comment, dites-moi ?

– Allie.

– OK, ça marche. Ça sera fait, y a pas de souci.

– Super, merci.

– Allez, bonne journée. Au revoir.

Mon cœur bat si vite.

J'essaie de me sortir toute cette histoire de la tête et de travailler normalement[54], mais impossible de me concentrer. Je tourne en boucle sur cet appel et j'ai les yeux rivés sur mon téléphone au cas où Nour chercherait à me joindre.

J'abandonne l'idée de bosser et je lance un film pour me changer les idées, mais sans succès. Il faut que je sorte, que je voie des gens. Je me rappelle une fête qui a lieu ce soir, à laquelle j'ai vaguement été invitée par Ludo, un pote de pote de pote[55] dans un groupe WhatsApp que je n'ai jamais osé quitter.

J'ai rencontré Ludo à l'époque où on allait voir beaucoup de concerts, avec Alexandre. C'est un garçon plutôt sympa mais dans une sorte de mise en scène permanente de sa vie : à la moindre phrase

54 — C'est-à-dire : sans conviction mais avec une belle présence.
55 — De pote.

vaguement bien tournée, il s'assure que tout le monde l'ait bien vu et entendu. Le genre de type pas désagréable à fréquenter en groupe, mais avec qui je ne voudrais pas passer du temps seule, de peur d'être obligée de parler sans pouvoir me reposer sur les autres.

19 heures, toujours pas de nouvelles de Nour. Je commence à me dire qu'elle n'appellera jamais. Je m'ouvre une bière en regardant des compilations YouTube d'enfants qui trébuchent.

21 heures, je sors de chez moi, j'achète un pack de Jupiler et je me pointe à la soirée. Je monte les escaliers de l'immeuble et frappe à la porte de l'appartement plusieurs fois. La musique est si forte à l'intérieur que personne ne m'entend. J'ouvre une des bières que j'ai apportées et je toque un peu plus fort.

Au bout de dix minutes (qui en paraissent trente), quelqu'un sort de l'appartement et sursaute en me voyant. J'avais fini par oublier que le but était que la porte s'ouvre, je me sens prise de court. Je baragouine :

– Ludo m'a invitée.

Clairement, il s'en fout.

– Cool. Bah, c'est là.

Il me tient la porte puis descend les escaliers sans rien dire. Je me sens obligée de me justifier :

– J'avais même pas encore eu le temps de frapper à la porte.

Il ne répond pas. Je m'engouffre chez Ludo et laisse la foule m'avaler. Autour de moi, tout est bruyant, oppressant. Les gens parlent fort pour se faire une place par-dessus la musique. Je mets mon pack au frigo et je croise Ludo.

– Alleeeez ! Je pensais vraiment pas que tu viendrais.

Je réponds d'une voix superficielle :

– T'as vu ou quoi ?! Toujours là pour boire des coups.

Je me force tellement à sourire, j'ai l'air de faire un AVC. Il me présente à quelques potes à proximité : un attaché de presse qui a l'air con comme un ballon, deux graphistes et un musicien (« De l'électro posée, tu veux que je passe un de mes sons ? » Plutôt crever, Jérémy).

Une fois les présentations terminées, je reprends une bière et regarde autour de moi. C'est un appartement bruxellois typique, dont les pièces en enfilade arborent des plafonds hauts aux moulures saillantes. Les invités sont entassés aux extrémités pour pouvoir fumer sur les minuscules balcons de part et d'autre du bâtiment.

On est pile le nombre de personnes qui m'angoisse : trop pour avoir des conversations intéressantes mais pas assez pour se sentir anonyme dans la foule. Faute de leur parler, je les observe, avec autant de mépris que de jalousie. Ils ont l'aisance dont je rêve.

Je n'ai jamais vraiment su comment exister. Aussi loin que je me souvienne, j'ai toujours été trop ou trop peu. Certains diront que ça ne veut rien dire, d'être « trop » ou « trop peu », que tout le monde est bien assez et existe à sa manière, bla, bla, bla, bla. Mais la vérité, c'est que certains ne sont pas foutus d'*être* correctement.

J'admire les personnes qui ne s'excusent pas d'être

là, qui ont de l'assurance, des opinions. Ça vient aussi du fait que je suis plutôt naïve. Si quelqu'un a l'air assez convaincu de ce qu'il raconte, je vais le croire. Donc dès qu'une personne ose prendre de la place, je vais penser qu'elle la mérite.

La musique est toujours beaucoup trop forte alors que personne ne danse. Je suis triste pour les voisins, qui n'ont pas demandé à entendre Bruno Mars hurler depuis le salon d'à côté. J'enchaîne les canettes pour me détendre. Les stocks de bière diminuent, je suis contrariée dès que quelqu'un s'approche du frigo.

Je n'ai pas de problème avec l'alcool mais j'y pense souvent.

En fait si, j'ai peut-être un problème avec l'alcool. Mais c'est temporaire.

C'est juste une mauvaise période. Et vu qu'il n'y a que le temps qui m'aidera à avoir le cœur moins lourd, j'ai tendance à dormir et boire beaucoup pour que les journées passent plus vite. Je me rends bien compte que c'est pas forcément la solution la plus saine, mais c'est la seule que j'ai. J'aime quand mon cerveau est trop imbibé et pense en images plutôt qu'avec des mots.

Ça marche ce soir encore, puisque, après ma cinquième bière, je fais un concours de twerk avec deux inconnues. Au bout de la sixième, je gagne.

Je suis de toutes les conversations, de tous les débats. J'enchaîne les allers-retours vers le frigo et, à chaque fois que je traverse l'appartement, je longe le baffle et baisse le volume de la musique de deux pour cent. Puis je souris fièrement comme si c'était le coup du siècle. *I've got your back*, les voisins.

Peu après minuit, tout le monde est ravagé. Plus personne ne prend la peine d'aller sur le balcon pour fumer. Moi non plus. Je taxe des clopes, je parle aussi fort qu'eux, je fanfaronne. Un mec arrive à la soirée, salue un des gars avec qui je parle. Il se présente : Safran.

Impassible, je lui réponds « non ». S'ensuivent quatre bonnes minutes de monologue où je lui explique par a + b en quoi son prénom est dégueulasse et ne devrait pas exister. Certains spectateurs sont hilares, d'autres ne savent pas comment réagir. Safran encaisse poliment. Malaise.

On vient d'atteindre le niveau d'ivresse qui me fait switcher de « pas assez » à « trop ». Je deviens tellement obnubilée[56] par l'idée de prouver aux

56 — Vraiment chelou comme mot. D'ailleurs jusqu'à mes 22 ans, j'ai cru qu'on disait « omnubilée », parce que pour moi :

gens autour de moi que j'existe, que je me sens obligée d'être agressive pour me faire une place. Je fais comme si j'avais des avis et aucun compromis à faire donc, forcément, je suis insupportable.

Je me déteste. Je réalise assez vite l'ambiance étrange que j'ai créée autour de Safran. Je tire sur mon t-shirt pour laisser entrer un peu d'air sous mes vêtements et je réfléchis : j'ai merdé mais je peux me rattraper facilement. Il suffit de faire une blague vraiment drôle pour qu'ils gardent en tête quelque chose de positif à mon sujet.

Je me lance. Énorme flop. *Fuck*. J'aurais dû partir il y a trente minutes, en fait. Maintenant, c'est trop tard, je ne peux pas m'en aller sur cet échec, il faut que je rattrape le coup en les faisant rire *deux* fois pour qu'ils oublient mes interventions précédentes.

Je retente ma chance.

Un des gars fait semblant de ne pas avoir entendu, les autres sourient poliment et passent à autre chose. Je me déteste encore plus. Je vais pisser.

Aux toilettes, je fixe le miroir, me regarde dans le blanc des yeux et une phrase de *The Office* me vient en tête : « *Why are you the way you are ?* » Il est temps que j'aille dormir. Je vais chercher ma veste, salue Ludo et me dirige vers la porte.

---

omnu = omni, qui veut dire tout = toute mon attention est prise par ça. Franchement, ça aurait nettement plus de sens. L'Académie française, si tu me lis, *do your fucking job.*

Alors que j'ai la poignée dans la main, on me propose de la coke. Je refuse. Les drogues dures me font flipper. J'ai peur que ça tourne mal et que ma vie s'arrête là-dessus. C'est fou d'avoir si souvent envie de crever et tellement peur de mourir.

Je rentre à pied, pour tenter de dessaouler un peu. Le trajet me paraît long et court à la fois. Je suis soulagée d'être partie, mais angoissée en repensant aux trucs débiles que j'ai dits. Tous les gens de la soirée doivent me détester.

Je continue de boire trop aux soirées alors qu'elles finissent toujours comme ça. Souvent, j'envoie même des excuses le lendemain. Je planque ça derrière une demi-blague passe-partout : « *Heyyy. Sorry* si j'ai dit de la merde hier soir, j'étais éclatée mdr ! » Mais ce que j'aimerais pouvoir dire, c'est : « Je suis désolée d'avoir parlé. Ça n'a rien à voir avec l'alcool, je n'ai juste vraiment aucune idée de comment gérer ce truc, là. Cette histoire d'existence. »

Une fois chez moi, je m'enfile trois verres d'eau et emporte un saladier à côté du lit au cas où je vomirais. Je m'effondre sur le matelas, encore habillée, et je ferme les yeux.

L'air a du mal à rentrer dans mes poumons, comme si ma gorge avait rétréci. Je passe mes doigts sur le haut de ma poitrine, en espérant que ça aide l'oxygène à pénétrer mon corps. Je ne sens presque rien. J'appuie encore, plus longuement. En variant l'intensité de la pression, en déplaçant mes mains sur mon visage, le long de mes bras, entre mes vertèbres. Plus rien. Juste de la peau molle et insensible.

Mon cerveau s'emballe : manque de sensibilité = problème de moelle épinière = paralysie. Je suis sur le point d'être entièrement paralysée. Enterrée vivante sous ma propre peau.

Une fine couche d'air glacial me recouvre les bras et un goût métallique prend ma bouche d'assaut. Je dois tout de suite aller aux urgences avant de ne plus en être capable. Je tente de respirer doucement. Inspirer quatre secondes, bloquer, expirer huit secondes. C'est peut-être simplement de l'angoisse. Inspirer quatre secondes, bloquer, expirer huit secondes. Et aller aux urgences me coûterait probablement cher[57]. Mais ai-je vraiment envie de mettre ma vie en péril parce que « les urgences coûtent cher » ? Inspirer quatre secondes, bloquer, expirer huit secondes. J'imagine ma future épitaphe : « Allie Vermaelen (1994-2021), grosse radine partie trop tôt. »

57 — Après coup, je réalise que ma mutuelle aurait sûrement tout pris en charge, mais en pleine crise d'angoisse, on ne pense pas toujours à vérifier sa couverture santé.

Je pourrais appeler Max. Il a fait un an d'études de médecine, il saura quoi faire[58]. À moins que ça ne soit déjà trop tard : en arrivant, il prendrait ma paralysie pour un sommeil paisible.

Peut-être que si je me tourne vers l'entrée de l'appartement, je pourrai cligner des yeux à son arrivée pour lui faire comprendre que mon état n'est pas normal. Je prends mon téléphone et cherche sur Google : « Comment dire "Je suis paralysée" en morse ? » D'ailleurs, peut-on encore cligner des yeux lorsqu'on est paralysé ? Probablement pas. *Damn*. Mon plan tombe à l'eau. Il était de toute façon trop optimiste. Il partait du principe que je serais encore en vie à l'arrivée de Max, alors que la paralysie va probablement toucher mes organes et empêcher mon cœur de gérer ma circulation sanguine.

Les yeux rivés au plafond, je sens ma gorge se serrer davantage et mes membres s'endormir lentement. Je tremble toujours.

58 — C'est faux. La seule chose qu'il a retenue de cette année-là, c'est qu'il ne sera jamais médecin.

Le lendemain matin, contre toute attente, je suis encore en vie. Ma peau a retrouvé une sensibilité normale et la peur irrationnelle s'est évaporée. J'enchaîne les cafés et les verres d'eau pour faire passer la migraine tout en rédigeant un article sur la brocante solidaire de Vyle-Tharoul, qui me vaudra sûrement un Pulitzer. En fin d'après-midi, Maxime m'écrit.

Ce soir, je dois justement le rejoindre pour un foot en salle avec des amis à lui. Mais son message n'a rien à voir avec le foot.

Hey babe. J'espère que tu vas bien. Je t'ai pris RDV chez la psychologue Dr Valérie Poulpito mercredi prochain à 12 h 30. C'est une copine qui me l'a conseillée, il paraît qu'elle est vraiment chouette. Je sais que c'est hyper intrusif et un peu chelou de choisir à ta place quelqu'un à qui tu vas raconter ta vie (d'ailleurs, peut-être que ça ne sera pas la bonne personne pour toi, c'est OK, c'est rare de trouver son psy du premier coup) mais je sais aussi que t'aurais peut-être pas osé le faire toi-même. Si tu as besoin de quoi que ce soit, je suis là, mais ça te ferait peut-être du bien de parler à quelqu'un d'extérieur (et dont c'est le métier, accessoirement).

J'ai les larmes aux yeux. Maxime est un foutu cœur. Je vous souhaite vraiment d'avoir quelqu'un comme lui dans votre vie. Mais comme je suis toujours incapable de dire « merci », je lui réponds :

Tu te rends bien compte que ça va pas être possible de faire confiance à quelqu'un qui s'appelle Valérie Poulpito ?

Il réagit dans la foulée :

J'étais sûr que ça te plairait ;-).

Mon téléphone indique 17 h 45, je m'habille pour aller au foot. J'enfile mes baskets, ma vareuse des Red Flames et prépare mon sac. Mon téléphone sonne. C'est un numéro français.

– Allô ?

Une seconde de silence.

– Oui, bonjour ?

Je reconnais sa voix. Ça fait douze ans, mais je suis certaine que c'est sa voix. Autour d'elle, j'entends des enfants jouer, crier. Elle enchaîne :

– Je suis Nour Alaoui, vous avez essayé de me joindre.

Ça fait si longtemps que j'attends ce moment. Je stoppe ce que je suis en train de faire, m'assieds à mon bureau et tente d'articuler des propos cohérents.

– Heu, oui. Tout à fait. Heu... Salut. Je m'appelle Allie, ça fait plus de dix ans qu'on s'est pas parlé. On était en contact il y a très longtemps sur MSN. Je sais pas si tu me remets ?

– Absolument pas.

Wow. La froideur de sa réponse. Et l'audace, surtout. Je pense à elle régulièrement depuis plus de dix ans, je remue ciel et terre pour la retrouver alors qu'elle m'a mytho pendant des mois et cette égoïste, elle ne se souvient même pas de mon existence ?

– D'accord. Heu... On s'est parlé vachement beaucoup pendant genre un an et demi. J'habitais en Belgique. Et... Bordel t'as toujours la même voix, c'est assez marrant.

– On s'est déjà parlé ?

– Oui, oui, oui ! Heu... Via... À l'époque c'était par MSN, donc on s'envoyait des vocaux et tout. Peut-être qu'on s'est déjà appelées, je sais plus trop, ça fait longtemps. Mais voilà. Et...

– Ben, si vous connaissez ma voix, c'est qu'on s'est déjà appelées. Moi, ça me dit rien. Et je trouve ça plutôt inquiétant que vous ayez appelé chez ma mère.

– Heu...

– Et moi, je vous rappelle, en plus. Si c'était par n'importe quel autre moyen, je n'aurais pas rappelé. Mais puisque vous vous permettez d'appeler chez ma mère... Moi, je me dis : « Bon, c'est important, c'est grave. »

Vu comme elle est sur la défensive, soit elle ne situe en effet pas du tout qui je suis, soit elle voit très bien et tente de couper court à l'appel parce qu'elle a peur que je lui reproche ses mythos. Il faut que je la mette en confiance : je n'ai pas de reproches, que des questions.

– Pour être tout à fait honnête, j'ai quand même beaucoup cherché pour essayer de te retrouver, parce qu'en fait, pour moi, on s'était parlé souvent, longtemps, et... Ça a tellement été important pour moi dans ma vie, parce que... Je sais pas, je... Tu as beaucoup compté et j'ai encore une lettre que tu m'avais écrite. C'est comme ça que j'avais ton adresse en fait, puisque tu l'avais laissée au dos de l'enveloppe. Et, heu... Et du coup voilà. À l'époque, je pense qu'il y avait des trucs un peu bizarres dans cette relation, dans le sens où il y a des choses qui n'étaient pas tout à fait correctes, et ça je m'en fous, c'est pas grave, mais j'avais envie de... de savoir un peu... Pas ce qu'il en était, mais j'avais envie d'avoir de tes nouvelles et d'essayer de comprendre un peu tout ça.

Je déglutis comme je peux. Ce que je viens de dire n'a pas beaucoup de sens. Elle me laisse baigner dans mon stress pendant deux secondes, avant de répondre froidement :

– Alors moi, je ne vois absolument pas de quoi vous me parlez. Je pense qu'il y a une erreur sur la personne. C'est très bizarre puisque vous avez appelé chez ma mère et je suis bien Nour Alaoui.

Elle me demande de répéter mon nom, puis de l'épeler. J'ai l'impression d'être un enfant qu'on engueule. C'est vraiment mal parti. J'envoie un message à Maxime pour le prévenir que je serai sûrement en retard au foot.

– Et vous êtes sûre que c'est moi ? Nour Alaoui ? Pas une autre Nour ?

– Euh, ben… Moi, j'ai 27 ans, donc vous devez avoir plus ou moins le même âge, c'est ça ?

– J'ai 28 ans, oui.

– Voilà. Et votre adresse, c'était « Alaoui Nour, 67 avenue de la Conquête, 34570 Saussan ».

– Ouais… ?

Le stress me fait passer du tutoiement au vouvoiement sans aucune logique.

– Dans cette lettre, tu citais *Into the Wild*, et Travis, qu'on adorait à l'époque. On écoutait beaucoup de groupes style Jonas Sees in Color et tout ça.

Elle murmure un « oui » presque résigné. Bingo. J'ai l'impression qu'elle me replace enfin, qu'elle est sur le point de me dire : « Mais, ouiiii, bien sûr, je vois !! » Mais pas du tout. Elle enchaîne, toujours aussi glaciale :

– Ça ne me dit vraiment rien. Je dis pas que c'est pas vrai, que c'est pas possible, mais j'ai l'impression que quelqu'un s'est fait passer pour moi pour vous parler.

Oh, voilà autre chose. Je suis prise de court. Elle continue :

– D'où ma question pour savoir si vous m'avez déjà eue au téléphone ou si vous m'avez déjà vue en vrai.

– Non, jamais en vrai. Mais on s'est parlé pendant vraiment longtemps. C'est pour ça que j'ai fini par vous chercher parce que, pendant un petit temps, on se parlait tous les soirs, jusque très tard. Et vu qu'après plus de dix ans je n'avais aucune nouvelle et que vous n'apparaissiez nulle part sur les réseaux sociaux…

– Ah, j'y suis, pourtant…

– Ah. Ben, j'ai jamais rien trouvé. Donc ça fait plus de dix ans que cette histoire me trotte dans la tête, que je me demande ce qui s'est passé, ce que tu es devenue, si tu vas bien…

Visiblement c'était très con à dire parce qu'elle met du temps à répondre tellement elle est sidérée.

– Si, moi, je vais bien ?

– Enfin, si toi, dans le sens « le souvenir que j'avais de toi et de toute cette histoire ».

Elle ne répond plus. J'enchaîne :

– Mais là, c'est assez bizarre, parce que si vous me dites que vous n'avez jamais parlé à des gens sur Internet de Travis… On s'était rencontrées sur un Skyblog de Secondhand Serenade.

– Ah, ça me dit quelque chose. Je crois que j'aimais beaucoup ce groupe.

– Tu fumais des Marlboro rouges, il me semble.

– Au collège ? Je sais pas. Je fumais mais je sais plus quelle marque.

Bordel. L'histoire ne peut quand même pas se terminer comme ça. Je lui balance tous les détails dont je me souviens pour qu'elle situe qui je suis (ou qu'elle l'admette enfin).

– Tu me parlais tout le temps de ton meilleur ami Matthew et d'une meuf qui s'appelait Maëlle, qui était censée être ta copine. On discutait aussi beaucoup de Billie Joe Armstrong du groupe Green Day, de plein de groupes de folk chelous, et on était fans de Peyton dans *Les Frères Scott* parce qu'elle faisait des mixtapes…

– Alors là, pas du tout. J'ai bien grandi dans le Sud de la France, j'ai bien été au lycée Paul-Bousson, mais j'ai jamais eu de pote qui s'appelait Matthew ou de copine de je sais pas quoi.

Je la trouve légèrement méprisante sur sa dernière phrase. Comme si elle voulait vraiment insister sur la mise à distance avec une quelconque histoire d'amour gay. Puis elle enchaîne :

– Franchement, je sais pas. Je peux pas vous dire que c'est vrai ou faux. Ou alors j'ai aucun souvenir.

– Mais est-ce que c'est possible ? Vous ne traîniez pas sur MSN et Skyblog pour parler de petits groupes de folk déprimants ?

– Si, si, c'est possible. Mais j'ai plus l'impression que c'est quelqu'un qui a fait une blague…

Je ne sais pas quoi faire. Elle est arrivée beaucoup trop vite avec cette idée de personne qui se serait fait passer pour elle, comme si c'était un mécanisme de défense auquel elle avait déjà pensé au cas où quelqu'un lui demanderait des comptes. J'hésite entre retenter ma chance avec des arguments pragmatiques ou lui dire clairement que c'est pas grave qu'elle m'ait menti sur son genre. Dans la panique, j'enchaîne les deux sans aucune logique.

– L'adresse, c'était nour34@hotmail.com.

– Ouh la, ouais. Ouais, ouais, c'est correct. OK. Heu...

– Mais le truc, c'est qu'à l'époque, je pense que tout n'était pas vrai, tu vois ? On était jeunes et on s'inventait un peu des vies, parfois. Et donc il y a des détails qui n'étaient pas tout à fait exacts. Enfin, je sais pas si ça t'éclaire un peu, ce que je dis ?

– Oui, on a fait les connes, quoi ?

– Oui, voilà... Notamment des trucs, un peu... Moi, j'étais persuadée que Nour, c'était un garçon, par exemple. Et là, j'ai compris que non. Mais je m'en fous, en soi. C'est juste que j'avais envie de comprendre.

– Que Nour, c'était un garçon ? Mais Nour, c'est moi.

– Oui, je sais, mais quand on se parlait... Enfin, tu vois ce que je veux dire ?

– Non.

Elle rit nerveusement. Je ne sais pas quoi faire. Elle joue avec mes pieds[59]. Elle sait très bien où je veux en venir. Bordel. Comment demande-t-on à une fille de manière subtile si elle s'est fait passer pour un mec parce qu'elle assumait pas de vouloir bouffer des teuch ? Je me lance difficilement :

– C'est assez perturbant parce que je sais pas si

59 — Mon éditeur (qui est français) me fait remarquer que c'est une expression purement belge (d'office inventée par des fétichistes facétieux) : concrètement, ça veut dire que Nour abuse de ma patience, mais j'avoue que c'est super bizarre comme phrase, quand on y réfléchit.

vous vous foutez de ma gueule parce que vous savez que vous avez mytho pendant un an et demi – et je m'en fous, c'est pas grave. Mais… C'est juste que…

Allez. Assez tourné autour du pot. J'y vais. Sujet, verbe, complément.

– Ça va être hyper bizarre comme question si tu ne sais réellement pas de quoi je parle, mais : tu t'es jamais fait passer pour un garçon sur MSN ?

Elle éclate de rire.

– Ben non. Pourquoi j'aurais fait ça ?

– C'est justement la question que je me pose, en fait…

– Vous-même vous venez de me dire que vous n'en avez rien à faire, donc pourquoi je me serais fait passer pour un garçon alors qu'on parlait de musique ?

– Oui, on parlait de musique, mais de plein d'autres choses aussi. De nos vies et tout. Et si t'as menti à ce sujet, c'est pas grave, y a aucun jugement, aucun ressentiment, c'est vraiment juste que j'ai envie de comprendre.

– Mais j'aimerais bien comprendre aussi, je vous assure. Je me demande si c'est pas quelqu'un – genre mon frère – qui s'est connecté et se faisait passer pour moi. J'en sais rien. Moi-même j'ai pas de souvenir de ça. Je veux bien regarder dans mes historiques mais je crois que j'ai même plus mon adresse mail.

C'est impossible de retrouver un historique MSN vieux de douze ans, elle le sait très bien. J'en ai ma claque de sa mauvaise foi. J'ai essayé plusieurs portes d'entrée sans qu'aucune ne mène à quoi que ce soit. Je suis paumée. Mon chat entre dans la pièce et miaule en se frottant à ma jambe.

– Vous avez un chat ?

Je le prends sur mes genoux, complètement dépitée, avant de répondre sèchement pour montrer mon agacement :

– Oui, mais on s'en fout.

– Bah non, on s'en fout pas. Vous vouliez prendre de mes nouvelles, voilà. Moi aussi. Ça m'intéresse. Si vous avez un chat, c'est super. Moi je suis contente.

Oh. Ça, je l'avais pas vu venir.

– Heu... merci ?

On rit. Elle, sincèrement. Moi, de nervosité à force d'être à cheval entre l'impression qu'elle se fout de ma gueule et l'espoir infime qu'elle dise la vérité : que toute cette histoire soit un énorme malentendu. Je soupire. Elle reprend :

– Mais je... Je suis étonnée, comme vous. Je sais pas quoi vous dire.

Je ne réponds pas.

– Ça ne vous convient pas comme réponse ?

– Ben, disons que c'est frustrant. Je comprends toujours pas et j'espérais avoir des réponses... En fait, le scénario que je m'étais fait dans ma tête, c'est que Nour était une fille qui avait menti sur MSN parce qu'elle n'assumait pas son homosexualité ou un truc du style... C'est l'âge où on a envie de s'inventer une vie ou d'avoir de l'attention, de l'affection. Et donc, je m'attendais à ce que cette fille me dise :

« Oui, en effet, c'est vrai. » Et j'aurais répondu : « Ah, OK, bah, c'est dingue. Eh ben, bien joué, c'était très bien fait. »

– Et donc, si c'était vrai et que je m'en souvenais, je vous aurais rappelée de mon plein gré pour vous dire : « Oui, je m'en souviens, j'étais une mytho » ?

– Ben, j'aurais aimé en fait.

Elle rigole. J'enchaîne :

– Je voulais une confirmation que j'étais pas folle.

Elle me répond du tac au tac.

– Et que du coup, c'était moi la folle ?

BAH OUI, FRÉROT. Évidemment que t'es une folle. Mais je tente d'avoir un peu de tact :

– Non, parce que je pense qu'à cet âge-là, c'est humain de vivre par procuration sur Internet. Y a plein de gens qui ont fait ça. Je voulais juste en être sûre pour boucler la boucle.

– Ouais, ouais, je comprends bien... Mais si j'avais menti sur ma vie, j'aurais pas donné ma vraie identité ni mon adresse. C'est pour ça que ça m'étonne.

On est d'accord là-dessus, je vais dans son sens :

– C'est ça que je ne comprends pas. Parce qu'il y a des choses qui font vraiment penser à un *catfish* et d'autres qui correspondent à la réalité : genre, cette lettre, le fait que c'est la bonne adresse, le bon nom... La voix, aussi.

– Oui, c'est étonnant. Je suis désolée. C'est pas très satisfaisant comme réponse, mais je sais pas quoi vous dire.

– OK...

Je suis à la fois résignée et prête à raccrocher, mais aussi vraiment énervée. J'ai comme l'impression qu'après autant de mois de galère je *mérite* la vérité. Elle me la doit. Et vu qu'elle ne lâche rien, je me ferme sur moi-même, quitte à devenir très sèche quand elle retente de me faire avaler ses conneries.

– Je pense vraiment que le plus probable, c'est que quelqu'un se soit fait passer pour moi en se connectant sur mon PC.

– Ouais, ça j'ai bien compris, mais pas tous les soirs pendant si longtemps.

– Ouais.

– Et puis, il y a les photos, aussi.

– Mais ça, c'est pas très compliqué à trouver. Quelqu'un qui va sur mon blog voit des photos.

Je tente une dernière carte. Pas sûre que ça la fasse vaciller dans mon sens, mais on ne sait jamais.

– Je suis tombée sur une autre fille qui a été dans la même situation. Vous aviez la même relation, elle avait remarqué les mêmes détails bizarres... Elle a fini par penser que tu étais un *catfish*. Du coup, on a été plusieurs à parler avec une fausse personne.

– Ben oui, je pense qu'elle a raison.

Oh, *wow*. Nour ne fait même pas semblant d'être surprise ou choquée que quelqu'un se soit potentiellement fait passer pour elle auprès de *plusieurs* personnes. J'en peux plus qu'elle se moque de moi. Elle ajoute :

– Si elle prend contact avec moi, je m'excuserai. Je ne sais vraiment pas quoi vous dire.

C'est bon, elle me saoule. Je m'apprête à clore la conversation, quand elle ajoute :

– Mais c'est gentil de prendre de mes nouvelles...

J'éclate de rire tellement ça vient de nulle part. Foutu pour foutu, je vais dans son sens :

– Ben du coup, comment ça va ?

Elle rit.

– Bah, écoutez, ça va. J'habite en Gironde maintenant. J'ai essayé de percer dans le domaine de l'art, de monter à Paris, mais ça a été compliqué, je m'en suis pas trop sortie.

– Dans quel domaine ?

– Ce que je voulais faire, c'était de la restauration de patrimoine. Des fresques, des trompe-l'œil, tout ça. J'ai fait des études là-dedans, je suppose que vous êtes au courant...

– Yep.

La conversation devient alors complètement absurde puisque, même si on est censées n'avoir jamais échangé, on commence à se parler comme si on se connaissait depuis toujours et qu'on prenait juste des nouvelles, le plus normalement du monde.

Elle me raconte son CAP, son brevet d'art, ses aspirations déçues de travailler au musée d'Orsay, son retour aux études, son déménagement à Bordeaux, où elle s'est reconvertie : elle est aujourd'hui éducatrice dans un internat pour primodélinquants.

– Et vous, du coup ?

– Heum… Je suis rédactrice dans un truc d'actualités à Bruxelles. Donc j'écris des articles sur des événements, ce genre de choses.

– Vous êtes journaliste, en gros ?

– Si on veut, oui.

– OK, c'est cool.

– Et puis, parfois, j'essaie de retrouver des gens à qui j'ai plus parlé depuis dix ans.

On rigole. Elle a presque l'air de bonne volonté quand elle ajoute :

– Je vais quand même regarder de mon côté. Vous m'aviez envoyé des lettres, des courriers, des trucs comme ça ?

– Une ou deux lettres, je pense. Et j'en ai une de toi, écrite sur du papier Canson.

– Que vous avez gardée ?

– Oui.

– C'est mon écriture ?

– Bah ça, j'en sais rien.

– Ah ben oui. Vous pourriez m'envoyer une photo via WhatsApp ? Vous avez mon numéro maintenant. Et je pense qu'avec, vous pourrez me retrouver sur Facebook et Instagram, parce que j'y suis.

– Ah, pourtant, j'ai vraiment souvent cherché. C'est quoi ton pseudo ?

– @nr.ali.

À la seconde où elle dit ça, j'oublie cette histoire de photo à lui envoyer et me rue sur mon ordinateur pour stalker son compte Instagram. Elle apparaît sur peu de photos et, quand c'est le cas, elle est souvent de dos ou tellement de profil que j'ai du mal à distinguer son visage.

Je la vois assise sur une rampe de skatepark, poser avec Mickey à Disneyland ou faire de l'alpinisme en Amérique du Sud. Dans des postures toujours un peu grandiloquentes ou en contre-plongée. Tant dans la posture que dans la façon de s'habiller, elle dégage quelque chose d'assuré, de presque masculin.

Sur une des publications de 2017, on la voit enfin de face. Ses cheveux sont plus longs qu'avant, légèrement bouclés. Elle porte des lunettes rondes, une boucle d'oreille au lobe droit. Ses traits sont fins, son visage – toujours très androgyne – dégage quelque chose de doux. Quelque chose de familier. C'est bien le visage dont je rêvais d'embrasser les joues il y a douze ans.

Elle interrompt mes recherches.

– Je suis vraiment désolée pour tout ça. Ça me gêne qu'il y ait des personnes capables d'entretenir ce genre de mytho… De créer de faux espoirs.

Je décroche les yeux de mon ordinateur pour me reconcentrer sur la conversation.

– Le plus bizarre là-dedans, c'est que si quelqu'un a usurpé ton identité, c'était dans quel but ? Parce qu'il n'y a jamais eu de trucs louches. Je n'ai vraiment gardé qu'un souvenir agréable de tout ça. C'est pas comme s'il y avait eu des demandes de thunes ou de *nudes*, non. Tout était mignon tout le temps.

– Peut-être qu'il s'ennuyait.

– Oui, mais bon. Tous les soirs pendant un an et demi, c'est chaud.

– Après, en travaillant dans l'Éducation nationale, des trucs comme ça j'en entends tous les jours. Nous, à l'époque, c'était MSN et Skyblog. Maintenant, c'est Snapchat, toutes ces conneries. Des enfants désespérés, il y en a plein. Et je pense qu'on est tous passés par là. Moi, j'ai déjà fait des conneries comme ça avec mes potes : on allait sur des tchats, on se faisait passer pour des oufs.

Je referme mon ordinateur, consciente du fait que je vais devoir me dépêcher pour aller au foot si je ne veux pas rater la moitié du match.

Elle continue :

– Au final, vous êtes déçue...

J'ai l'impression qu'elle est sincèrement désolée pour moi. Pas juste désolée de manière détachée, comme on le serait pour un inconnu qui vient de perdre quelque chose auquel il tenait. Plutôt déçue avec une réelle empathie, parce qu'on se *connaît*. Et qu'elle s'en veut sincèrement d'avoir menti, sans pour autant oser l'avouer.

– Bah oui, je suis déçue. Je m'étais attachée à quelqu'un qui n'existe probablement pas. J'ai tellement joué la scène dans ma tête. Donc, forcément, ta réponse me laisse toujours ce même goût d'inachevé.

– Mais pour être claire : ce qui vous plaît, c'est la personne avec qui vous discutiez, plus que celle que je suis réellement, au final ?

C'est quoi cette question ? Évidemment, puisque selon elle, on ne s'était jamais adressé la parole avant aujourd'hui. Je lui réponds :

– Je ne connais que la première. Et c'est vraiment bizarre, parce que sur tes photos, je vois un visage que je connais mais qui ne correspond apparemment pas au souvenir que j'en ai. C'est curieux, quoi.

– Ce qui est encore plus curieux, c'est que les groupes de musique dont vous parliez, je les écoutais.

Je soupire :

– T'es sûre que t'as aucun souvenir d'avoir mytho à un moment sur Internet ?

– Si, mais pas au point de parler avec une personne pendant un an et demi, d'envoyer des courriers et tout… Et puis de parler avec des filles… De cette manière-là. Parce que, je vous l'ai dit tout à l'heure, avec mes potes on allait sur des tchats. À l'époque, l'ordinateur, c'était nouveau. Dès qu'on y avait accès, on faisait n'importe quoi. On branchait des filles, on faisait des conneries… Mais jamais de relations… Parce que c'était ça, au final : une relation ?

Je ne sais pas quoi répondre.

– C'était un peu entre les deux. De la tendresse et de la gentillesse, plutôt. On n'était pas en train de se dire qu'on allait s'attendre, c'était juste un truc très doux.

– Pas étiquetée « couple », mais…

– Assez pour que, dix ans plus tard, j'aie envie de savoir ce qu'il en était.

– J'ai des souvenirs d'avoir fait la conne, ça oui. Mais pas de cette façon-là.

Je suis affalée sur ma chaise de bureau, à tourner sans but. Je me rappelle cette histoire d'écriture et de courrier. Pendant que je prends une photo de sa lettre, elle ajoute :

– Je suis contente de vous avoir au téléphone, parce que j'ai l'impression de partager quelque chose avec vous, même si je ne vous connais pas.

Je ne sais pas quoi lui répondre.

– Si tu as des souvenirs qui reviennent… En sachant que je peux tout entendre, qu'il y a zéro jugement…

– Ouais, ouais, j'entends bien. Mais si vraiment il y avait un truc à avouer, je l'aurais fait. J'ai 28 ans. Si j'avais fait une connerie de ce style… Je pense que j'aurais assez de maturité pour le reconnaître.

– Haha.

(Ce rire est tout ce qu'il y a de plus jaune.)

– Non, mais j'aurais pris du recul et je me serais dit : « Bah oui. J'étais un peu conne », je sais pas.

Long silence, à nouveau.

J'ai l'impression d'en entendre plus d'elle lorsqu'on ne se parle pas. Comme s'il n'y avait que dans le silence qu'on avait le droit de se reconnaître et de reprendre notre relation là où on l'avait laissée.

Après plusieurs manipulations foireuses, je parviens enfin à lui envoyer la lettre en photo. Elle passe quelques secondes à la lire.

– Ah, il est inspirant ! C'est un Don Juan, le gars.

J'explose de rire.

– Mais ça ressemble quand même un peu à mon écriture… Attends, je vais essayer d'écrire le début de la lettre.

J'entends le frottement du stylo sur du papier. Elle m'envoie une photo.

– Y a une ressemblance, non ? Un peu.

Bordel de merde, est-ce que c'est possible de se foutre encore plus de moi ? C'EST EXACTEMENT LA MÊME ÉCRITURE. Elles sont scrupuleusement identiques. Pourquoi elle fait ça ? À quoi elle joue ? Pourquoi aller jusqu'à m'envoyer son écriture ? C'est comme si elle voulait me faire comprendre que c'était bien elle, mais sans jamais l'avouer concrètement.

Il est grand temps que cette conversation s'arrête. Déjà, parce qu'elle m'a épuisée. Et parce que, clairement, on ne va nulle part. On est au téléphone depuis presque une heure dix et on ne fait que tourner en boucle sur des : « Oh la la, c'est étrange comme histoire, je sais vraiment pas quoi dire ! » Je mets fin à l'appel :

– Écoute, tiens-moi au courant si tu te rappelles que t'as fait un black-out d'un an et demi et que t'as envoyé des messages chelous à des gens.

– Ouais, je sais pas. Je vais regarder. Je vais chercher des trucs. Je vais essayer de me connecter sur mes anciennes adresses.

On sait toutes les deux qu'elle ne le fera jamais. Elle ajoute :

– Ravie d'avoir fait votre connaissance en tout cas.

– Moi aussi. Et on se tient au courant.

Après avoir raccroché, je pose mon front sur la

table. Bordel de merde. Je relis sa lettre, restée sur mon bureau. « Il y a sûrement un tas de choses que je voudrais dire ici, mais j'ai l'espoir que tu devines tout ça, même si ça sera sûrement compliqué. » *No shit, Sherlock.*

Je suis sacrément en retard pour le foot. J'enfile mes baskets et je cours jusqu'au tram. Une fois dedans, je parcours le compte Instagram de Nour plus minutieusement. En plus des quelques photos que j'avais déjà vues plus tôt, elle a posté des dizaines et des dizaines de foutues stories. *Good lord*. Qui poste autant de photos ? De voyages, en plus. Espagne, Angleterre, Maroc, Suède, Sicile... Parfois avec son frère, mais souvent avec la même fille, une certaine Lucie, dont le profil est privé.

Beaucoup de paysages, mais aussi des visites de stades de foot : ceux de Chelsea et du Real en tête. Les autres stories tournent autour des mêmes sujets : son apparente passion pour les sneakers, des endroits sympas à Bordeaux, beaucoup de rap, et quelques vidéos de matches de basket.

Loin de moi l'idée de faire des raccourcis faciles mais à chaque story, mon cerveau hurle :

« Gaaaaaaaaay ». Si je devais décrire un cliché de lesbienne, je donnerais son Insta. À aucun moment elle ne l'a dit ou même sous-entendu dans l'appel, au contraire, mais je suis sûre à 90 % qu'elle aime les filles. Notre hypothèse de l'homosexualité refoulée fonctionne toujours.

Maintenant que j'ai son pseudo, je la cherche sur les réseaux sociaux. Je parcours son Facebook (privé, en grande partie) avant de lever les yeux de mon téléphone. *Fuck*, j'ai raté mon arrêt. Je descends au suivant et me mets à courir vers la salle de sport.

J'arrive là-bas déjà essoufflée, rejoins le terrain et m'excuse pour mon retard.

Maxime trotte vers moi.

– Qu'est-ce que t'as foutu pour être quarante-cinq minutes à la bourre ?

– J'étais au téléphone avec Nour.

– Pardon ?!!!

– Oui, je t'expliquerai tout après, mais en gros elle m'a rappelée. Je lui ai dit qui j'étais et elle a prétendu qu'on ne se connaissait pas, qu'on n'avait jamais parlé et que c'était sûrement quelqu'un d'autre qui avait utilisé son adresse MSN et usurpé son identité.

– M'enfin, quoi ? Pendant plus d'un an ?

– C'est ce que je lui ai dit. On est restées genre une heure dix au téléphone et elle a jamais rien lâché.

– Une heure dix ?! Tu restes pas au téléphone une heure dix avec un inconnu ! Si elle te connaissait vraiment pas, elle t'aurait demandé des infos, aurait conclu que quelqu'un avait usurpé son identité et en dix minutes, c'était torché.

Un des potes de Max arrive vers nous, en sueur :

– On reprend ?

Autour du terrain, les autres joueurs rangent leur gourde.

– Je te raconterai après.

– Toi, t'es sûre que c'est elle ?

– Oui.

On me lance une chasuble et le jeu reprend. Je suis sur l'aile[60], comme souvent. J'ai un peu de mal à me mettre dans le match. J'ai l'esprit gonflé de ces derniers jours, il zigzague entre les doutes, les certitudes et d'autres émotions que je ne me sentais plus capable de ressentir. Tout me montre que c'est elle. Ses centres d'intérêt, les incohérences de ses histoires, sa façon de parler, de s'exprimer sur les réseaux...

Contre-attaque, on me fait une passe. On part en une-deux avec Max jusqu'au but. On a l'habitude de jouer ensemble. Je parviens à lever ma dernière balle, il marque de la tête. Ses goals préférés.

– Alleeeez, *babe* !

Après une demi-heure de jeu, on fait une pause. Je vais chercher ma gourde et mon téléphone dans mon sac. En attendant que les autres reviennent des toilettes ou de la cafétéria, j'ouvre la fenêtre Google où j'avais recherché son pseudo. Je lis quelques-uns

60 — Comme O-Zone.

de ses tweets – sans intérêt – puis je tombe sur son compte Vinted. Elle n'y vend que des vêtements unisexes ou plutôt masculins ainsi qu'une paire de lunettes de soleil. Des Ray-Ban. Je clique pour voir le modèle : Clubmaster, son pseudo de l'époque.

Devant cette énième coïncidence, je sens mes muscles se détendre. Je souris. Je crois que c'est là, à ce moment précis, que j'accepte que je n'aurai jamais le fin mot de cette histoire. Un minuscule doute subsistera toujours tant qu'elle ne m'aura pas dit elle-même qu'elle est bien le Nour de mes souvenirs, mais ce n'est rien. J'ai fait tout ce que je pouvais, cherché aussi loin que possible. Mais après douze ans, il est temps que j'accepte qu'on ne peut pas obtenir plus que ce que les gens sont prêts à nous donner. Creuser davantage, ça serait tout gâcher. Parce que cette histoire n'est pas seulement la mienne, c'est la nôtre. Elle est comme le médaillon des Cités d'Or, dont on aurait chacune emporté une moitié[61] il y a douze ans, sauf que Nour aurait décidé de détruire, brûler puis enterrer la sienne.

Bien sûr que c'est frustrant.

Je pensais qu'on avait toutes les deux assez mûri pour accepter la réalité, mais je suis bien placée pour savoir que le déni est un refuge difficile à quitter.

61 — Enfin une référence pour les vieux. Je ne vous oublie pas. Non, jamais.

La règle tacite quand on écrit un roman, c'est qu'il y a un début, un milieu et une fin, vers laquelle tout tend. Une conclusion qui permette de se rendre compte à quel point les personnages ont grandi et évolué. C'est sûrement parce que, en fiction, on aime avoir le contrôle, être certain que, quoi qu'il arrive, un dénouement existe et que les protagonistes n'en sortiront que plus forts.

Dans la vie, pourtant, on parvient rarement à aller au bout des choses. D'ailleurs, tout ce qu'on entreprend reste en quelque sorte inachevé, car on ne vit jamais qu'un infime pourcentage des possibilités offertes au départ. Chaque décision ferme beaucoup plus de portes qu'elle n'en ouvre.

J'aurais pu inventer la fin de cette histoire. J'ai sincèrement hésité à raconter que Nour était mort il y a plusieurs années, pour pouvoir garder ma fierté et, surtout, un souvenir immaculé de notre amitié.

J'aurais peut-être même fini par m'en convaincre moi-même.

J'ai aussi envisagé de raconter le dénouement tel que je l'ai imaginé pendant des années. J'aurais retrouvé le Nour de mes souvenirs sur le quai d'une gare. On se serait serrés fort, il m'aurait expliqué qu'il avait disparu de ma vie parce qu'il n'avait pas eu le choix, et que des circonstances extérieures l'avaient forcé à le faire. Mais que maintenant, tout était rentré dans l'ordre. Que la tendresse pouvait reprendre sa place.

Ça aurait fait une belle conclusion.

Au lieu de ça, quand j'ai entendu la voix de Nour pour la première fois en douze ans, j'étais en train d'enfiler des chaussettes de foot. Et plutôt que de m'aider à y voir plus clair, elle m'a laissée avec presque plus de questions que de réponses.

C'est une histoire décevante. Une histoire de la vraie vie, sans panache, dans laquelle il n'y a même pas de méchant. Seulement des protagonistes dont les désirs s'entrechoquent.

Deux mois plus tard

Je n'ai reçu aucune nouvelle de Nour. Un soir d'ivresse, elle m'enverra peut-être un message, à moitié saoule, pour me dire : « En fait, c'était moi, mdr. » Mais je n'y pense plus tellement. Toute cette mascarade aurait pu me donner envie d'être moins naïve mais ce n'est pas le cas : je refuse que ma première réaction face à la douceur soit la méfiance.

Je suis allée au rendez-vous que Max m'avait pris chez la psy. Elle est chouette. Il y a plein de sujets dont je n'ose pas encore lui parler, mais on avance. Elle m'a prescrit des antidépresseurs. Comme j'étais plutôt opposée à l'idée, elle m'a expliqué les bails : des histoires de chimie, de sérotonine, de certains cerveaux qui en fabriquent moins que d'autres. Je les prends depuis un mois et demi. C'est vrai que ça va mieux, même si je ne sais toujours pas exactement pourquoi je me lève le matin, alors que tout est sacrément vain.

Le papier peint formé par la tristesse n'a pas bougé. Il est toujours intact, solidement incrusté dans le mur. Parfois, je m'use encore les ongles pour tenter de l'arracher, mais la plupart du temps, je me contente d'accepter qu'il soit là. J'accroche quelques cadres, pour le voir un peu moins.

Beaucoup de choses dans cette histoire sont vraies, certaines sont inventées, d'autres ont été romancées. J'ai changé le nom de la plupart des personnages, notamment celui de Nour. J'ai tenté de lui en donner un de la même origine[62], de préférence mixte. Pendant ces recherches, j'ai découvert que la signification de son vrai prénom était « celle qui élève ».

J'ai trouvé ça beau.

62 — Une des propositions de mon moteur de recherche était « Jésus ». Le résumé du livre a donc failli être « j'ai cherché Jésus pendant dix ans ». L'histoire aurait vraiment été très différente.

Remerciements

À mon ami et détective favori, Maxime Demière, pour sa passion communicative et tous les moments doux.

À Clem pour ses encouragements inconditionnels. Je t'aime.

À Thomas Garet, pour ses conseils toujours judicieux. Et pour avoir ri à mes blagues, même les pires. Je suis très heureuse de t'avoir rencontré (et que tu supportes Manchester City).

À Sophie de Sivry et Sylvie Gracia, qui ont vu en moi un potentiel que je ne pensais pas avoir. Sophie, ton enthousiasme sans bornes me manque.

À mon noyau dur, Émilie Kindinis et Jonathan Cartelli, qui supportent mon envie récurrente de tout claquer. Je vous suivrai jusqu'au bout du monde.

À Léa Marchetti, pour la tendresse et le poulet. Sans toi je n'en serais pas là. Et j'aurais faim.

À Timothée Chalamet pour ses nombreuses suggestions. « uezfh$%raùoeF » était ma préférée.

À Raphaël Haroche, qui m'a permis d'utiliser la phrase « Bien sûr que les poissons ont froid », issue de sa chanson « Ne partons pas fâchés », sans avoir lu une seule ligne du roman. Merci pour ta confiance.

À toute l'équipe de L'Iconoclaste pour son travail sur ce livre.

À Sophie Marchal de la SCAM Belgique pour les conseils juridiques.

Aux auteur·trices qui m'ont donné envie d'écrire.

À ma mère, qui m'a donné envie de lire. Merci d'avoir toujours été un modèle pour moi (sauf la fois où tu as jeté le chat par la porte-fenêtre mais il y avait encore la moustiquaire). Je t'aime plus haut que les étoiles.

À ma psy, sans qui je ne serais pas assez fonctionnelle pour travailler. Au Sipralexa, pour la même raison.

Aux cafés bruxellois où j'ai écrit la majorité du roman : Kool Chou, La Maison du Peuple, le Café Flora, le Bar du Matin…

À Adeline Dieudonné et Poticha pour le cadre de travail idyllique de ces deux étés.

Au Kings of Comedy Club. Sans ce lieu, je serais sûrement toujours dans un bureau climatisé à me demander quoi faire de ma vie.

Au milieu du stand-up de manière générale, qui m'a apporté une confiance en moi que je n'aurais jamais pensé avoir (certains appellent ça « des problèmes d'ego », mais niquez-vous).

À toutes celles et ceux qui ont montré de l'engouement quand je leur ai parlé de cette histoire : Eva Bester, Morgane Cadignan, Rebecca Amsellem, Maud Ventura… Peut-être que c'était de la politesse, mais ça a fait zizir.

À tou·tes les invité·es de « Les gens qui doutent », qui m'ont aidée à mettre ma peur de côté. Et à tou·tes les auditeur·trices qui m'ont aidée à réaliser qu'on était nombreux·ses à se prendre la tête pour rien.

À Holden, qui m'accompagne depuis plus de dix ans.

À Nour, évidemment. Pour tout.

À toutes celles et ceux qui ont acheté ce livre.

À toutes celles et ceux qui auraient préféré ne pas l'acheter. Désolée. Mais je prendrai bien soin de votre argent, promis.

À Lauryne.

Pour tous ceux qui aiment découvrir les histoires derrière les livres, nous vous donnons rendez-vous sur www.collectionproche.fr

L'édition originale de ce livre est le fruit du travail de toute une équipe de passionnés aux Éditions L'Iconoclaste.

Pour sa sortie dans la Collection Proche,

Vahram Muratyan a conçu la couverture d'après une illustration de Fabian Lavater et imaginé la recette idéale pour un plaisir de lecture parfait : de belles marges blanches, un interlignage finement étudié et un savant mélange de trois fontes (Heldane Text, Tiempos Fine et Galano Grotesque).

À la fabrication, Marie Baird-Smith et Anna Polonia ont travaillé pour obtenir l'objet idéal : un livre souple, un papier léger et bouffant, une carte de couverture qui lui permettra de vieillir sur votre étagère sans prendre une ride.

L'équipe de Soft Office a réalisé la mise en page du texte. Isabelle Detienne a relu le livre à la virgule près.

Constance Beccaria et Clémentine Malgras ont assuré la publication de ce livre. La communication et le marketing ont été imaginés avec Pierre Bottura et Adèle Leproux. Anne-Sophie Richard l'a fait vivre sur les réseaux sociaux.

Les factures des collaborateurs et les droits d'auteur sont payés rubis sur l'ongle par l'équipe de Christelle Lemonnier.

Les représentants de Rue Jacob Diffusion, coordonnés par Élise Lacaze, ainsi que l'équipe d'Interforum, ont sillonné toutes les librairies françaises, suisses et belges.

Ce livre est désormais entre vos mains, prêt à démarrer sa nouvelle vie.

PEFC
10-31-2541
Promouvoir la gestion durable de la forêt
www.pefc-france.org

L'ensemble de cet ouvrage a été réalisé
dans le respect des règles environnementales en vigueur.
Il a été imprimé par un imprimeur certifié Imprim'Vert,
sur du Classic Book PEFC pour l'intérieur
et une carte Metsäboard PEFC pour la couverture.

Achevé d'imprimer en France sur les presses
de l'imprimerie Normandie Roto Impression s.a.s.
à Lonrai (Orne) en avril 2024.

ISBN : 978-2-493909-66-4
N° d'impression : 2401451
Dépôt légal : Mai 2024

En France, un livre a le même prix partout. C'est le « prix unique du livre » instauré par la loi de 1981 pour protéger le livre et la lecture. L'éditeur fixe librement ce prix et l'imprime sur le livre. Tous les commerçants sont obligés de le respecter. Que vous achetiez votre livre en librairie, dans une grande surface ou en ligne, vous le payez donc au même prix. Avec une carte de fidélité, vous pouvez bénéficier d'une réduction allant jusqu'à 5 % applicable uniquement en magasin (les commandes en ligne expédiées à domicile en sont exclues). Si vous payez moins cher, c'est que le livre est d'occasion.